Bholus qawsalla ikkulurita

Translated to Maltese from the English version of
Bholu's Colourful Rainbow

Geeta Rastogi 'Geetanjali'

Ukiyoto Publishing

Dedikazzjoni

Dan il-ktieb huwa ddedikat

Lord GANESHA bħala Alla ta

bidu

u

Maa SARASWATI, l-alla tal-edukazzjoni.

Daħla

Aħna lkoll magħmula fil-workshop tan-natura, bħalma aħna. Kif jiġu ffurmati l-personalitajiet tagħna u fejn? Biex tgħid il-verità, huwa proċess sħiħ. Dan il-proċess jibda fil-workshop t'Alla. Il-ġenituri, l-għalliema u t-taħriġ tagħna għandhom rwol importanti. Il-perspettiva tagħna hija wkoll iffurmata minnhom kollha. Dan japplika għalija wkoll. Il-personalità u l-perspettiva tiegħi kienu influwenzati b'xi mod mill-ġenituri, l-għalliema, il-ħbieb tiegħi u l-kotba li qrajt b'interess kbir. Mhux possibbli għalija li niddeskrivi l-proċess kollu ta 'żvilupp personali fid-dettall billi nuża kwalunkwe metodu ieħor. F'dan il-kuntest, nixtieq naqsam magħkom storja li qrajt fi ktieb, forsi f'rivista bl-isem "Akhanda Jyoti". Din l-istorja kellha impatt profond fuqi, għalhekk naqsamha miegħek. Darba kien hemm negozjant sinjur f'belt. Kellu ġid immens. Ġurnata waħda ħassu ispirat divinament biex jibni tempju fil-belt. U għalhekk beda jsib skultur tas-sengħa. Jgħidu: "Fejn hemm testment, hemm mod." Wara xi sforz, sab skultur tas-sengħa, issa l-iskultur ingħata l-kompitu li joħloq idolu magnífico ta 'Alla biex jitqiegħed fit-tempju. L-iskultur kellu bżonn ġebla speċjali għal dan il-kompitu. Fi triqtu biex isib waħda, sab ġebla kbira. Staqsa lill-ġebla jekk kinitx lesta biex tiġi minquxa u minquxa f'forma ta' Alla. Il-ġebla mbeżżgħet u qalet: "Għaliex għandi ngħaddi minn tant tbatija mingħajr gwadann ovvju? X'se nikseb jekk insir l-idolu t'Alla? Jien kuntent hawn kif jien. Qed tfittex ġebla oħra." L-iskultur kompla jimxi, ifittex ġebla oħra. Wara xi żmien l-iskultur sab ġebla oħra. Huwa staqsa l-istess mistoqsija, u din il-ġebla bil-ferħ qablet li tiġi ffurmata fil-forma ta 'Alla. Il-ġebla kienet ferħana li kellha l-opportunità li sservi bħala l-idolu t'Alla. Madankollu, l-iskultur fakkar lill-ġebla li kienet proċess bl-uġigħ u rigoruż

għandu jgħaddi. Il-ġebla baqgħet soda fiha

Deċiżjoni u ta l-kunsens tagħha. L-iskultur ġab il-ġebla fil-ħanut tax-xogħol tiegħu u beda l-kompitu diffiċli li jqaxxar u jqatta' l-idolu. Ħadem fuqha bl-akbar dedikazzjoni u dedikazzjoni. L-idolu ta' Alla kien lest biss fi ftit jiem. Issa n-negozjant kellu jirranġa biex l-idolu jiġi kkonsagrat fit-tempju, u qassis kien imsejjaħ biex iwettaq ir-ritwali. Issa n-negozjant kellu jpoġġi l-idolu t'Alla fit-tempju. Ġie msejjaħ qassis u ġiet stabbilita data. Meta l-idolu t'Alla tpoġġa fit-tempju, il qassis f'daqqa waħda ftakar li kien hemm bżonn ta' ġebla oħra. Huwa informa lin-negozjant b'dan, u n-negozjant immedjatament bagħat qaddej biex jirkupra l-ġebla. Il-qaddej sab l-istess ġebla li kienet ċaħdet il-proposta li jsir l-idolu tal-alla tal-iskultur. Il-qaddej ma staqsa l-ebda mistoqsija, ħa l-ġebla fit-tempju u taha lill-qassis, u l-ġebla tqiegħdet direttament taħt l-idolu ta 'Alla fit-tempju sabiex il-ġewż ta' l-Indi offrut bħala prasad (offerta ta 'sagrifiċċju) fuqha tkun tista' tinkiser. Ladarba tlestiet il-konsagrazzjoni tal-idolu t'Alla, kulħadd telaq. Waħdu bil-ġebla li kienet saret l-idolu ta' Alla, il-ġebla qalet: „X'hena sibt? Int sirt Alla. In-nies jiġu u jbaxxu lejk Huma jqimuk bħal Alla. Jien, min-naħa l-oħra, nissaporti d-daqqiet ta' martell lejl u nhar. X'inġustizzja hi din fid-dinja ta' Alla? Mill-inqas għandu jkun hemm ġustizzja hawn."

Imbagħad il-ġebla li kienet saret l-idolu ta' Alla qalet lill-ġebla l-oħra: „Forsi insejt li l-forma tiegħi darba kienet bħal tiegħek Wara li ġarrabt ħafna jiem ta' għadd ta' skarpjar u tisfir, wasalt f'dan il-punt. Seta' kellek din l-opportunità wkoll, imma dakinhar irrifjutajt li tgħaddi mill-proċess ta' wġigħ. Huwa għalhekk li sibt dan il-post illum fejn trid tgħaddi minn proċess bl-uġigħ kuljum."

L-aħħar linja tal-istorja hija li jekk aħna bħala bnedmin naċċettaw li aħna mibnija fil-workshop ta' Alla ħajjitna kollha, irridu ngħaddu minn proċess ta' wġigħ li jdum għal xi żmien. B'kuntrast, jekk nagħmlu l-affarijiet bil-mod tagħna u nevitaw id-diffikultajiet biex insegwu r-regoli, irridu nissaportu tbatija tul ħajjitna.

Għeżież qarrejja u ħbieb tiegħi, din l-istorja tispiċċa hawn. Dejjem ħadt gost naqra stejjer. Qrajt ħafna stejjer minn meta kont żgħir. L-iskola tagħna kellha wkoll arranġament speċjali għall-qari tal-kotba. Konna naqraw ukoll ħafna stejjer fil-librerija. Għal dan il-għan, ġurnata fil-ġimgħa kienet stabbilita għal kull klassi. Barra minn hekk, it-tfal ingħataw kotba biex jieħdu d-dar għal ġimgħa. Mhux hekk biss, il-kotba saru disponibbli wkoll bħala premju għall-qarrejja żgħażagħ. Allura l-imħabba tiegħi għall-qari tal-istejjer kibret. U b'riżultat ta' dan id-delizzju, maż-żmien, twieled fija narratur. Illum jien mimli ferħ kbir meta nippreżenta l-ewwel ġabra tiegħi ta' stejjer, speċjalment għat-tfal, lill-qarrejja tiegħi. Barra minn hekk, lanqas l-anzjani ma jitwaqqfux milli jgawdu l-kontenut tagħhom. Din il-ġabra ta' stejjer hija l-qofol tal-barka tal-ġenituri tiegħi, l-appoġġ tal-qraba tiegħi, u l-grazzja ta' Alla. Nittama li permezz ta' dan il-ktieb nirċievi l-affezzjoni sħiħa tiegħek.

- Geeta Rastogi 'Geetanjali'

C-26, Triq il-Ferroviji

Modinagar 201204

Distrett: Ghaziabad

(UP)Indja

Mob : 8279798054

E-mail: geetarastogi26@gmail.com

Kontenut

Il-motherhouse

Anzjana jisimha kienet tgħix f' raħal Sheetala. F'dan ir-raħal kellha dar kbira ħafna u kienet tgħix hemm waħedha. Għalkemm Sheetala kellha ħafna tfal, kellhom in-negozji tagħhom f'diversi bliet tal-pajjiż u anke barra. Din kienet ir-raġuni għaliex ma setgħux jibqgħu magħha fir-raħal għal dejjem. Ħadd minn uliedha ma seta' jgħix ma' ommhom fir-raħal għal dejjem. Sheetala kienet mara ta 'saħħa eċċellenti. Dan kien ir-riżultat tar-rutina universali regolari tagħhom ta 'kuljum ta' kollox flimkien mal-meditazzjoni. Ma kellhiex flus. Il-bżonnijiet tagħhom kienu limitati wkoll. Għalhekk, l-għajxien ma kienx problema għalihom. Id-dar tagħha kellha bitħa u ġnien spazjużi. Il-ġnien tagħha kien fih bosta siġar fertili - mango, tut Indjan, neem u pali tal-ġewż. Barra minn hekk, il-ġnien tagħha kellu dwieli morr tal-qara ħamra u tal-fażola. Hija kkultivat ukoll tadam, chili aħdar, brunġiel, pastard, patata u kosbor, li flimkien magħhom kienet kibret marigolds, ward, ġirasol u pjanti perenni, li kkontribwew għas-sbuħija tal-ġnien tagħha. L-anzjana Sheetala ħadmet b'mod diliġenti fil-ġnien tagħha, tieħu ħsieb is-siġar u l-pjanti tagħha. Ir-rutina ta' kuljum tagħha kienet konsistenti ħafna. Qammet qabel is-sebħ, ħadet id-dar kollha, ħadet ħsieb ix-xogħol tad-dar tagħha, u mbagħad qima lil Alla. Imbagħad tat in-nar lill-istufi biex tipprepara l-ikliet.

Sheetala mexxiet industrija tad-dar tan-newl bl-idejn, li kienet tinkludi wkoll xi nisa mill-viċinat. Huma għamlu basktijiet, bukketti, twapet u diversi oġġetti oħra, li jmorru fis-suq u jbigħuhom kien biċċa xogħol

ta' sfida, iżda n-nies tal-lokal ġew id-dar tagħhom biex jixtruhom.
Filgħaxija qattgħet ħin fil-ġnien tagħha. Kienet tħobb tkun mal-pjanti
tagħha. Kienet tagħmel arranġamenti ġodda hemmhekk u tħawwel
nebbieta ġodda. Il-kura tal-pjanti, it-tisqija, iż-żieda tal-fertilizzanti, u t-
tnaqqija regolarment ħadu porzjon sinifikanti tal-ġurnata tagħhom.
Kuljum kellha ħafna ħaxix u fjuri mill-ġnien tagħha, u mbagħad kellha
taħseb dwar kif tużahom. Kieku ma tħossx li tbigħhom, kienet tagħti
dan kollu b'xejn lin-nisa li jaħdmu fid-dar tal-vaganzi tagħha. Meta xi
ħadd fil-viċinat spiċċa bla ħaxix, kien jiġi Sheetala Mata għall-għajnuna.
Hija ma kellha l-ebda skrupli dwar il-qsim tal-prodotti tagħha. Matul l-
istaġun Jamun (tut Indjan), il-fergħat tas-siġar Jamun kienu mgħobbija
bil-frott. Hija għażlet lil Jamun għaliha nfisha u qasmetha wkoll ma
'kulħadd. Hija wkoll nixxef u mitħun iż-żerriegħa Jamun biex tagħmel
droga li kienet utli ħafna għat-trattament tad-dijabetiċi, bl-istess mod
għamlet drogi minn weraq neem, qoxra u żrieragħ, darba tat il-
mediċina homemade tagħha lil ġar, u wera li kien ta 'benefiċċju. Bil-
mod, Sheetala Mata kisbet fama bħala "omm li tfejjaq" u nies minn
qrib u 'l bogħod bdew jersqu lejha għall-medikazzjoni.

Biż-żmien li jkollok il-ġwienaħ, għaddew tant snin. Sheetala Mata
kibret Ġurnata waħda, wieħed minn uliedha żar id-dar mal-familja
tiegħu. Kienet ferħana li tara lil binha, il-kunjata, in-neputi u n-neputi
flimkien. Kienet sorpriża pjaċevoli għaliha . Madankollu, binha kien
imdejjaq jara l-età u s-solitudni ta' ommu. Ħass li m'għandhiex tibqa'
tgħix waħedha. Kemm tkun sabiħa kieku din id-darba tista' tiġi barra
minn xtutna magħhom u tibqa' hemm għal dejjem. Ikun ta' pjaċir kbir
li jkollok familja sħiħa u ħadd ma jħossu waħdu. Huwa esprima l-
ħsibijiet tiegħu lil ommu: „Omm, int ukoll għandha takkumpanja lilna
din id-darba. Int se tieħu pjaċir tkun magħna, uliedek stess. Se
jagħmilna kuntenti wkoll u nkunu nistgħu nieħdu ħsiebek ukoll."

Ommu kienet kuntenta ħafna li kienet taf li binha kien inkwetat dwarha
u awguratilha l-preżenza kontinwa miegħu. Anke dakinhar, minħabba
r-rabta kbira tagħha ma' raħal twelidha, id-dar tagħha u l-ġnien tagħha,
ma setgħetx taċċetta dan is-suġġeriment li titlaq mir-raħal u toqgħod
b'mod permanenti barra minn Malta. Id-dar attwali tagħha tatha sens
ta' ġenna. Għalhekk ippreferiet tibqa' leali għar-rutina u l-mod ta' ħajja
antik tagħha. Għalhekk, binha ma kellux għażla ħlief li jirritorna għand
il-familja tiegħu barra minn Malta. Sheetala Mata kompliet ir-rutina tas-

soltu tagħha ta' kuljum, sodisfatta bil-belt, ir-raħal, id-dar u l-ġnien tagħha stess u l-ħdura tan-natura.

It-triq tal-onestà

Pragati kienet tifla intelliġenti. Studjat fit-tmien grad. Kienet modesta min-natura tagħha u perċettiva ħafna. Kienet waħda mill-isbaħ tfal fil-klassi tagħha. Hija qatt ma baqgħet lura fl-isports, kemm jekk kienet tilgħab il-cricket fil-viċinat jew tilgħab fl-avvenimenti sportivi tal-iskola; dejjem kienet parteċipant attiv. Il-familja, il-ġirien, u l-qraba tagħha dejjem faħħruha Peress li kienet tifla ta' qalb tajba, kultant it-tfal fil-klassi tagħha ppruvaw jieħdu vantaġġ minnha. Kemm jekk kienu testijiet tal-klassi jew eżamijiet, it-tfal ta' madwarhom dejjem ippruvaw iħarsu lejn il-kopja tagħhom u talbuhom jgħinuhom b'mod inġust. Peress li huwa meħtieġ li ssegwi r-regoli waqt l-eżami, is-superviżuri ppruvaw iżommu dixxiplina stretta fis-swali tal-eżamijiet. L-istudenti xorta bdew jitkellmu bejniethom ladarba l-għalliema ma dehrux. Konversazzjonijiet bla bżonn huma dejjem ipprojbiti waqt l-eżamijiet. Taħt is-sistema ta' eżami, dan normalment jitqies bħala użu inġust ta' mezzi. Madankollu, mhux kull student jaf l-importanza tar-regoli u ma jsegwihomx strettament. Pragati normalment ippreparat il-kurrikulu kollu tagħha kif suppost għall-eżami u qatt ma fittxet għajnuna mhux xierqa. Tfal oħra ma għoġbux dan l-approċċ onest. Huma ppruvaw jikkomunikaw permezz ta 'ġesti, xi kultant anke jġibu materjal ikkupjat mid-dar. Kien hemm forza li ttir li f'daqqa waħda dehret u qabdet lil dawk li kkupjaw it-tweġibiet u jippruvaw iqarrqu. Ladarba sar l-eżami tal-istorja. Dakinhar, il-klassi ta' Pragati kienet issorveljata minn Madam Sanskriti. Kienet diġà ħabbret meta kellu jibda l-eżami li kull student ikollu jieħu ħsieb ir-regoli tal-iskola kif ukoll ir-regoli tal-eżami. Jekk student jinstab b'xi tip ta' materjal ta' frodi, jiġi kkastigat. Jekk aċċidentalment ġabu xi ħaġa magħhom, għandhom jew jgħadduha lill-persunal superviżorju jew jarmuha bil-kwiet fil-bott taż-żibel. L-eżami beda u kulħadd kien okkupat biex ilesti l-karti tiegħu fil-ħin. Dawk li ma kinux ippreparati ħarsu 'l hawn u 'l hemm u ppruvaw jippruvaw tricks ġodda jekk possibbli. U wara ftit żmien dehru t-truppi li jtajru. Iċċekkjaw il-basktijiet tal-istudenti u l-kaxxi tal-ġeometrija tagħhom, xi studenti kienu nervużi ħafna u talbu lil Alla, o Alla: „Jekk jogħġbok salvani llum. Jien dejjem se nkun ippreparat fil-futur."

Hekk kif it-truppi li jtajru telqu mill-kamra, kulħadd ħassu komdu. L-għalliem ta struzzjonijiet lill-eżaminati biex itemmu x-xogħol tagħhom fil-ħin, peress li ma jingħatawx ħin addizzjonali. L-għalliema kienet kontinwament iddur fil-klassi, u għalhekk meta resqet lejn Pragati, qamet u qalet lill-għalliem li riedet tkellimha. Hija kienet ipprovdiet xi tweġibiet bil-miktub għall-biċċiet żgħar tal-karti li ma setgħu jidhru minn ebda wieħed mill-għalliema. Anke dakinhar, hija tat dawn l-affarijiet kollha lill-għalliem Sanskriti u talbitha maħfra. Hija wiegħdet li ma tirrepetix l-iżball fil-futur.

L-għalliem kien mistagħġeb għal kollox. Ma setgħetx temmen f'għajnejha meta kien ġara l-inkredibbli Hija weġġgħet ukoll bl-azzjoni ħażina ta' wieħed mill-istudenti brillanti u intelliġenti tagħha. Kienet biss esperjenza xokkanti għaliha. Anke dakinhar, ħallietha toqgħod bilqiegħda fis-siġġu tagħha u tlesti l-karta tal-eżami tagħha.

Meta spiċċa l-eżami, ċemplet lil Pragati fil-kamra tal-istaff u staqsietha għaliex kienet għamlet xogħol daqshekk ħażin. Għaliex għamlet azzjoni li lanqas iblah ma jistennewx. Pragati kienet mistħija b'dan, skużat ruħha għall-iżball li kienet għamlet bi żball u wiegħdet li ma tirrepetihx fil-futur.

"Għaliex għamilt hekk, Pragati ? Lanqas stajt nimmaġina li tista' tagħmel hekk?" L-għalliem staqsa lil Sanskriti.

Il-fqir ma setax jitkellem ħafna.

Kien biss meta ġiet imġiegħla titkellem li qalet li kienet qed issir nervuża u titlef il-fiduċja minħabba l-marda tagħha, taħseb li ma setgħetx tgħaddi mill-eżamijiet tagħha u ġiet ridikolata fil-klassi u d-dar.

"Oh, imħabba tiegħi ! Qed tħossok tajjeb bħalissa?"

"Iva, Madame."

"Int pjuttost intelliġenti u għaqli wkoll. M'għandekx tkun tlift il-fiduċja tiegħek fik innifsek. Anke dakinhar, jien impressjonat bl-imġieba onesta tiegħek. Jekk dejjem issegwi t-triq tal-onestà fil-ħajja, dejjem tqum u turi riżultati eċċellenti f'kull eżami ta' ħajtek. Il-ħajja hija bħal logħba . Ir-rebħ u t-telf ma jfissirx wisq. Aktar importanti minn kull ħaġa oħra huwa li tieħu ħsieb il-valuri u dejjem tipprova timxi fit-triq it-tajba. Int tifla tajba. Nixtieqlek ħafna suċċess u futur sabiħ."

Ilkoll ninsabu fis-sitwazzjoni li fiha Pragati kien fl-istorja f'xi mument jew ieħor. Xi drabi nkunu konfużi dwar liema triq għandna nqarrqu, peress li t-triq ħażina dejjem tidher faċli. Allura ċ-ċansijiet li ninżlu f'dik it-triq huma akbar Anke dakinhar, irridu nibqgħu fit-triq tal-onestà peress li se ġġib riżultati aħjar fit-tul.

Niranjana

Kif Niranjana u tagħha

Brother Nikhil niżel mix-xarabank tal-iskola, daħlu fil-bieb tal-iskola, hekk kif kienu għaddejjin mill-navi twal tal-iskola, it-tnejn marru l-klassi ta' Nikhil. Ħallietu fil-klassi u ġriet lejha. Ladarba hemm, poġġiet il-borża tagħha fuq is-sit tagħha u sellmet lil sħabha li kienu diġà maħbubin. Niranjana dejjem ġiet l-iskola ftit qabel milli kien ippjanat għax il-karozza tal-linja tagħha telgħetha mill-waqfa li jmiss fl-ewwel dawra. It-tfal li waslu fit-tieni rawnd normalment jaslu l-iskola ftit aktar tard mill-ewwel. Qabel it-talb ta' filgħodu, hija ċċettjat ma' sħabha u mbagħad marret għand l-għalliem biex tistaqsi jekk kellhiex bżonn twettaq xi dmirijiet. Shalini kienet l-aktar ħabiba għażiża u l-eqreb tagħha. Kienet tassigura post għaliha u tappoġġjaha f'kull biċċa xogħol. Anke llum, ħarġet ma' Shalini biex issib l-għalliem li ppresieda l-laqgħa ta' talb.

"Ara, Shalini ! Is-Sinjura Pragya tagħna ġejja. Ejja nistaqsuha jekk hix se tagħtina l-lista ta' attendenza tal-klassi tagħna. Hija tidher mgħobbija żżejjed b'tant affarijiet f'idejha.

"Ejja, ejja mmorru nġibuha", qalu ż-żewġt iħbieb u bdew jimxu fid-direzzjoni li minnha kienet qed toqrob Ma'am Pragya.

»L-għodwa t-tajba, ma'am«, laqgħuha b'rispett.

»L-għodwa t-tajba, it-tfal. Kif int?" Ma 'am tbissem.

"Ma'am, grazzi għall-barka tiegħek, aħna tajjeb."

"Jien, jekk ma tiddejjaqx, nistgħu nġorru r-reġistru tal-attendenza tal-klassi fil-klassi? Ma 'am, jekk jogħġbok. Agħtina. Aħna nżommuha fil-klassi. Jekk jogħġbok, ma'am, "talbuha u stennew it-tweġiba tagħha.

Ma 'am tbissem u immedjatament tat ir-reġistru lil Shalini, it-tfajliet ħassewhom ammirati u mċaqalqa pjaċevoli fil-klassi tagħhom.

Issa ż-żewġ ħbieb kienu qed jistennew li l-għalliem rispettat tagħhom jidħol fil-klassi. Meta waslet Ma'am, it-tfal kollha qamu u laqgħuha. Ma'am berikha u talbitha biex toqgħod bilqiegħda. F'dan il-punt, Ma 'am Shalini u Niranjana ċempluha biex jagħtuha xi struzzjonijiet. F'daqqa waħda daqqet il-qanpiena. Issa kien il-ħin tat-talb. L-istudenti kollha qagħdu f'linja biex jingħaqdu mal-laqgħa tat-talb.

Shalini u Niranjana kienu diġà waslu fis-sala tat-talb qabel l-oħrajn. Hemmhekk skoprew lil Sunila Ma'am, li ssorveljat il-programmi tat-tfal. Hemm ukoll kienu preżenti xi tfal oħra. Dakinhar tkellmu magħha dwar il-prestazzjoni. Meta l-għalliema nnotat li t-tfajliet kienu wieqaf hemm, ggwidathom dwar l-istess ħaġa.

„Tixtieq tintroduċi xi ħaġa fil-laqgħa tat-talb tal-lum?"

»Iva, ma'am. Jien ser ngħid storja «, wieġeb Niranjana . Hija dehret kuntenta ħafna bħalissa.

"U se nirreċita poeżija", wieġeb Shalini.

"Tajjeb, nikteb ismek. Tiftakar kollox tajjeb? Ħa nismagħha darba," qalet Sunila Ma'am.

Iż-żewġ tfajliet kienu pjuttost attivi u intelliġenti. Il-preżentazzjonijiet tagħha ntlaqgħu tajjeb. Niranjana rrakkontat storja li qaltilha n-nanna lbieraħ filgħaxija. Din kienet biss prova għall-prestazzjoni attwali.

It-tfal kollha issa kienu nġabru fl-awditorju. Bħas-soltu, saret talb komuni. Bi strumenti mużikali li akkumpanjaw il-melodiji ħelwin tat-talb, ħass li l-kordi tal-qlub kienu frizzanti. Wara t-talb, it-tfal ippreżentaw programmi kulturali. Niranjana qal storja dwar kif ħalliel sar ministru f'qorti rjali minħabba d-drawwa tiegħu li jgħid il-verità. It-tfal u l-għalliema kollha faħħru bil-ħoss taċ-ċapċip.

Illum Niranjana kienet kuntenta ħafna. Hija ddeċidiet li tistudja ħafna u tagħmel xi ħaġa minn ħajjitha. Qatt ma kienet tinsa tirrispetta lill-anzjani tagħha.

Wara nofsinhar, meta spiċċat l-iskola, kulħadd tela' fuq ix-xarabank tal-iskola u wasal fil-waqfa tiegħu. Ommha stenniet hemm bil-ħerqa. Fi triqithom lejn id-dar, Nikhil u Niranjana qalu l-attivitajiet kollha tal-iskola lil ommhom, li semgħet bir-reqqa u marret id-dar id f'id mat-tfal.

Gracie sabiħa

Gracie kienet tifel sabiħ ta' tmien snin. Kien raġel imqareb. Studja fir-raba' grad u kiber ukoll. Bħal ħafna tfal tal-età tiegħu, ftit kellu interess fl-istudju u aktar fil-ġugarelli u l-ġugarelli. Kien iħobb ukoll jimxi 'l hawn u 'l hemm u ħela ħin fuq affarijiet stupidi.

Kellu ħabib jismu Siddhi, li kien fl-istess klassiId-djar ta' dawn it-tfal ma kinux 'il boġħod minn xulxin. Gracie riedet tilgħab ma' Siddhi il-ġurnata kollha. Iżda Siddhi ma tħallietx tagħmel dan mingħajr il-permess ta' ommha. Il-kundizzjoni kienet li l-ewwel kellha tagħmel ix-xogħol tad-dar tagħha. L-istess kien japplika għas-sitwazzjoni fl-iskola. Siddhi ta aktar attenzjoni lill-istudji, filwaqt li Gracie dejjem kienet qed tfittex lil xi ħadd biex jilgħab miegħu. Kieku ma seta' jsib lil ħadd, kien jilgħab bl-eraser tiegħu jew bl-iskala, xi drabi kien jiġi mċanfar mill-għalliema tiegħu. Dak li dan il-kreattiv fqir jista 'jħossu huwa pjuttost diffiċli biex jiġi deskritt bil-kliem.

Spiss kellu wkoll jilgħab waħdu f'daru. Kieku kien jiddejjaq għal żmien twil, kien iħabbat il-bieb tad-dar ta' Siddhi, li kienet eżatt maġenbha.

"Siddhi, Siddhi, joħorġu barra. Aħna ser nilagħbu flimkien."

"Le, għandi ħafna xogħol tad-dar x'nagħmel."

„ Għandi wkoll xogħol tad-dar x'nagħmel. Imbagħad xiex ? M'għandniex nilagħbu? Ma nħobbx nitgħallem il-ħin kollu . Tħobbha?"

"Anke jekk ma jogħġobnix, naf li l-ewwel irrid nagħmel dan. Omm qaltli: l-ewwel titgħallem, imbagħad play."

"Oh ! Nru Siddhi . Ma tistax tirrifjuta hekk. Kif tista' tagħmel dan? M'intix ħabib tiegħi? Ejja. Ejja nilagħbu l-ewwel. Twarrab ix-xogħol tad-dar. Agħmilha aktar tard għandi wkoll ħafna xogħol tad-dar. Xorta waħda, ma jimpurtaniex. Jien ser nagħmel dan aktar tard."

»Le, le, mhux ġust Inti tagħmel dan aktar tard Inti tmur lura d-dar u tilgħab hemm issa. Jekk jogħġbok skuża lili. Jekk ma nħobbx niġi kkastigat fl-iskola."

Meta Gracie semgħet dan, kienet imdejjaq. Imma ma kellu l-ebda għażla oħra. Huwa ħa t-triq lejn daru. Meta Siddhi kienet għamlet ix-xogħol tad-dar tagħha, marret id-dar ta' Riddhi, li kienet ukoll fil-qrib, Siddhi kienet qed iġorr il-pupa sabiħa tagħha u xi ġugarelli oħra. Riddhi kellha bitħa fid-dar tagħha. Huma lagħbu hemm għal żmien twil u mbagħad marru fil-ġnien u lagħbu fid-dell tas-siġar. Riddhi u Siddhi ħadu gost jilagħbu l-logħba house. Huma għamlu qsari tat-tafal u lagħbu magħhom. Imbagħad il-ġurnata għamlet kċina falza u ikel imsajjar. Wara li ġabu ruħhom bħal ommhom meta għajjien waqt li kienu qed jippjanaw li jippakkjaw il-logħba, Gracie ġiet lejhom. Ried jilgħab magħhom. Imbagħad it-tlieta ppjanaw li jibdew logħba ġdida, li kienet il-logħba tal-iskola, Siddhi mbagħad serva bħala l-għalliem, u l-bqija kellhom isiru l-istudenti. Lagħbu u gawdew ħafna.

Siddhi ġabilha notebook mhux maħdum u kiteb l-ismijiet tal-istudenti tar-reċtar. Kien hemm attendenza deċenti u mbagħad komplew l-istudji tas-soltu. L-ewwel kien hemm lezzjonijiet tal-matematika u mbagħad Ħindi. Wara li l-istudenti temmew il-kitbiet tagħhom hemmhekk, l-għalliem Siddhi għamel ix-xogħol ta 'korrezzjoni u tahom in-notebooks. It-tfal ħadu gost ħafna. Ix-xemx kienet f'xifer li tinżel u ommha sejħitha lura lejn djarhom. It-tfal kienu mġiegħla jirritornaw.

It-tfal għandhom id-dinja tagħhom. Huma ħlejjaq sbieħ. Għandhom tipi differenti ta' gost u jridu jibqgħu hemm għal dejjem. Nies bħal dawn kienu Gracie, Siddhi u Riddhi.

F'darhom, Gracie ma kellha lil ħadd x'tilgħab. Kien jilgħab waħdu. Oħtu l-kbira ma kienet tħobb tilgħab miegħu xejn. Meta insista li jilgħab magħha, hija bdiet tgħallimtu. Dan għamel lil Gracie tiddejjaq ħafna.

Missier Gracie kellu jaħdem f'uffiċċju 'l bogħod ħafna mill-belt, kellu joqgħod hemm u mar lura d-dar biss fi tmiem il-ġimgħa. Ommu kienet taħdem ukoll bħala mara. Marret taħdem ukoll kuljum. Meta marret lura d-dar, kienet okkupata tagħmel ix-xogħol tad-dar. Gracie insistiet li tgħidlu storja, u spiss fittxet skużi biex tevitaha. Gracie tkun imdejqa ħafna dwar dan kollu. Ġieli rrabja u ma kellem lil ħadd. Imma ma setax juri r-rabja tiegħu għal żmien twil. Imbagħad kollha ħadu gost u l-isplużjoni tad-daħk. Oħt Gracie għenet lil ommha fix-xogħol tagħha. Imbagħad ħadu gost jaraw cartoons jew xi ħaġa interessanti fuq it-TV.

Gracie kienet ukoll Gourmet Kien jieħu gost jiekol varjetà ta' platti delizzjużi. Wara ftit ħin ħassu bil-ġuħ. Ġeneralment ġara wara intervalli qosra u ġiegħel lin-nies imorru l-kċina biex ifittxu xi ħaġa x'jieklu. Kien jiekol iċ-ċikkulati kollha maħżuna fil-friġġ. Meta nżammu kemm iċ-ċikkulati kif ukoll il-frott, lanqas biss ħares lejn il-frott. Ladarba ġara l-istess ħaġa. Gracie ħassitha tiekol xi ħaġa.

„X'għandek tiekol u min tistaqsi? Peress li l-omm hija marida, irrid nirranġa l-affarijiet jien stess. Ejja, Gracie." Huwa ħaseb. "Żgur irrid insib xi ħaġa fil-kċina." Meta ħaseb hekk, fetaħ il-friġġ.

"Oh le ! Il-friġġ huwa vojt, kif jista 'jkun possibbli?" Kien ukoll sorpriż u mdejjaq. Issa ma qatax qalbu u kompla jfittex kull xkaffa u kontenitur U l-isforzi tiegħu ma kinux għalxejn. Kien hemm xi ħaġa. "Għandi xi ħaġa ta' min niekol?" Fetaħ kontenitur u pprova xi ħaġa li kienet tidher qisha melħ.

"Oh, iva . Huwa l-aktar fit-togħma." Kien kontenitur mimli bil-glukożju Poġġa bilqiegħda bil-kontenitur u l-kuċċarina u ħa gost jiekol ħafna.

Issa kienet saret rutina ta' kuljum li jiekol il-glukożju, peress li ommu kienet taħżen ħafna glukożju fil-merħla. Fi ftit jiem il-popolazzjoni ġiet eżawrita gradwalment. Imbagħad il-fqira Gracie kienet fl-inkwiet. Kull meta ħassu bil-ġuħ, ma seta' jsib xejn x'jiekol. Huwa baqa' jidħol fil-kċina u jfittex il-kaxxi kollha. Imma ma stajt insib xejn aktar.

Ħafna affarijiet għandhom jinżammu fil-kċina għax huwa diffiċli ħafna għal omm li taħdem biex tiġri fis-suq fi kwalunkwe mument.

Ġurnata waħda, ommu kellha bżonn ftit ilma tal-glukożju wkoll Hija talbet lil binha Gracie biex iġibha. Imma hu rrifjuta . Meta daħlet fil-kċina hi stess u ppruvat issib il-kontenituri tal-glukożju, ma setgħetx issib qamħ wieħed.

„Gracie, Gracie, ejja hawn! Hawn inħażen ħafna glukożju. Fejn hu issa ?"

"Kelli kollox, omm. Ħassejtni bil-ġuħ ħafna."

"Tajjeb. Imma jrid ikun fadal xi ħaġa. Fittex għaliha u ġib ftit għalija wkoll."

»Le, Mama. M'hemm xejn fadal. Fittixt sewwa kullimkien."

"Iben, kien hemm provvista pjuttost kbira. Sitt kontenituri ta ' kilogramma kull wieħed. Kif tista' tiekol tant glukożju?"

Imbagħad Gracie kienet omm. Huwa biss bowed rasu. Omm ħarset lejn bintha, li kienet ukoll wieqfa fil-qrib. Hija tbissmet. Ir-rabja ta' omm evaporat u ma setgħetx tgħajjatlu, iżda daħqet b'wiċċu innoċenti.

»Kien ħobż u butir ? Min jiekol il-glukożju fi kwantitajiet daqshekk kbar? U meta spiċċat, għaliex ma għedtlix? Issa nifhem x'ġara lilek. Għaliex qed tixgħel f'dawn il-jiem? Għandek tiekol ftit frott."

"Omm, ma ġibt l-ebda frott. X'nista' nagħmel? Kont tassew, tassew bil-ġuħ. Qed tgħidli x'kelli niekol?"

"Oh, inti tista 'tmur fis-suq u xtrat frott lilek innifsek, hux?" Imbagħad għannaq lil binha bl-imħabba u qal: „Ejja miegħi Se mmorru fis-suq u nixtru xi affarijiet importanti. Int titgħallem ukoll kif tixtri sabiex tkun tista' tieħu ħsieb ommok meta tkun marida u ma jkollokx il-ġuħ lilek innifsek."

Imbagħad it-tlieta li marru fis-suq u xtraw ħafna. Ġabu l-utensili tal-kċina, ir-ross, il-legumi u z-zokkor, imbagħad xtraw xi ċikkulati u ġelat u frott. Huma rritornaw id-dar kuntenti. Issa Gracie kienet kuntenta ħafna.

Is-Sigriet tal-Vitorja

Subgħajh baqgħu jiżolqu fuq il-mowbajl screen. Ħassu sultan ta' dinastija. Ir-re mhux biss kellu l-isem, iżda wkoll il-

mod rjali kif jgħix u jagħmel dak li ried; għamel lit-tifel jismu Raja re jew prinċep reali.

Raja kien tifel ta' ħmistax-il sena. Minħabba l-pampering eċċessiv, kien żviluppa xi drawwiet ħżiena fin-natura tiegħu u kien sar tifel għażżien.

Kien iqum tard filgħodu. Hekk kif qam, awtomatikament qabad it-telefon tiegħu u beda jiskrolljah. Huwa jew lagħab il-logħob tal-kompjuter jew tkellem ma' sħabu. Fil-fatt, huwa kien żviluppa vizzju mobbli. L-ismartphone kien bħal ħabib veloċi li dejjem ried jibqa' miegħu.

"Raja, O Raja ? Fejn int?« Omm għajjat hekk kif l-ismartphone kien qiegħed fuq il-mejda fil-kamra tiegħu.

"Jien sorpriż. Kif huwa t-telefon tat-tifel tiegħi waħdu ? Għandu jkun okkupat fil-kamra tal-banju u mkien ieħor." L-omm kienet inkwetata.

Kellha raġun. Raja kien fil-kamra tal-banju, għalhekk meta fetaħ il-bieb, daħal fil-kċina u talab tazza ilma.

"Oh, wasal ir-Raja Sahib. Il-qaddejja jridu jkunu hemm biex jaqduh." Hija scoffed.

Raja ma weġibx. Billi kien jaf li ommu kienet irrabjata, ħa tazza, imlieha bl-ilma, u xorbu. Huwa kien sodisfatt issa.

Irritorna f'kamartu u reġa' nfirex fuq is-sodda. Wara li għal xi żmien mimdud hemm, reġa' qabad it-telefon u beda jilgħab. Għamel il-ġurnata kollha jagħmel dan u ma talab xejn aktar.

Issa kien wara nofsinhar. L-omm sejħitlu.

„Raja, o Raja. Oħroġ u ingħaqad magħna fuq il-mejda tal-pranzu."

"Le, jien tajjeb hawn."

"Trid isawm illum?Jekk le, oħroġ u tiekol xi ħaġa." Hija qalet.

Imma Raja ma semax. Huwa kien għadu jivvjaġġa bil-mowbajl tiegħu.

Għalkemm ħassu għajjien u wkoll bil-ġuħ. Anke dakinhar, ma riedx jitlaq minn kamru. Huwa baqa' bilqiegħda b'għajnejh magħluqa għal ftit minuti, mimli fuq l-investi. Kien bil-ġuħ Għajnejh ukoll kellhom ftit uġigħ għax kien kontinwament iħares lejn il-mowbajl screen. Huwa kien waqqaf il-logħba li kien qed jilgħab. Kien jaf li ommu kienet se tidher bi platt mimli ikel delizzjuż. U l-istess ġara. Huwa jgawdi t-togħma tal-ikel sħun u siffar.

Issa kien wasal iż-żmien li torqod. Għalaq għajnejh għal mument qasir. Huwa żamm il-mowbajl f'idu u raqad. Meta ommu rawh jorqod f'din il-pożizzjoni, ħarġet l-ismartphone minn idu u ħallietu jorqod komdu.

Minħabba t-traskuraġni tiegħu u l-ħars kostanti tal-iskrin tat-telefon, il-vista ta 'Raja ddgħajjef u beda jesperjenza uġigħ ta' ras il-biċċa l-kbira tal-ħin. Il-problema ma setgħetx tgħaddi inosservata mill-ġenituri tiegħu u ħassew li kien meħtieġ li jikkonsultaw oftalmologu. It-tabib ta test tal-għajnejn lil Raja u ssuġġerixxa li jilbes nuċċalijiet xierqa. Hemm qal: il-ħin u l-mareat ma jistennew lil ħadd. Il-ħin għadda bil-mod u l-eżami semi-annwali tiegħu kien wasal.

Raja fil-fatt ma kienx l-iskola regolarment. Huwa tilef ħafna mill-klassijiet tiegħu minħabba l-vizzju tal-ismartphone. Hekk kif Raja sar jaf bid-data sheet mingħand wieħed mill-ħbieb tiegħu, inkwetat. L-għada mar l-iskola biex jattendi klassijiet regolari.

"Well Raja, x'se tagħmel ? Fadal biss żmien qasir ħafna u jidher li jgħatti l-kurrikulu kollu." Beda jitkellem miegħu nnifsu. Fil-fatt kien inkwetat u rrealizza l-iżball tiegħu fil-ħela tal-ħin. Issa kien hemm gowl kbir quddiemu u bħalissa ma setax jifhem x'għandu jagħmel. Hu qatt ma kien ħa l-istudji tiegħu bis-serjetà. U l-ħbiberija tiegħu mal-mowbajl tiegħu tatu problema. Fi kwalunkwe każ, ma kienx lest li jċedi. Huwa ddeċieda li jaħdem ħafna u jirbaħ il-ġlieda. Ma kienx cocky, iżda wiegħed li se jitjieb. Il-ħbieb u l-għalliema tiegħu għenuh b'dan. Malajr irnexxielu jlesti l-lezzjonijiet u l-kompiti kollha tiegħu u wriehom lill-għalliema rispettivi. Imbagħad kellu jistudja kollox sewwa u jimmemorizzah ukoll. Raja lanqas biss seta' jorqod sew minħabba l-abbundanza tal-kurrikulu u r-restrizzjonijiet tal-ħin.

Dakinhar tal-ewwel eżami tiegħu, wasal fis-sala tal-eżamijiet u poġġa bilqiegħda. Huwa talab lil Alla billi għalaq għajnejh għal xi żmien. Meta l-folja tal-mistoqsijiet dehret fuq il-mejda tiegħu, kien f'xifer ħass ħażin, ma setax jiftakar dak li kien studja u tgħallem id-dar. It-tweġibiet kollha għall-mistoqsijiet ikkawżaw taħwid f'rasu. Fi kwalunkwe każ, kellu jikteb xi ħaġa għax ma setax iħalli l-folja tat-tweġiba vojta. Huwa spjega ħażin ħafna mit-tweġibiet . Wara li għadda l-folja tat-tweġibiet lis-superviżur, mar lura d-dar. Kien imdejjaq ħafna . Jista' wkoll jimmaġina l-pożizzjoni tiegħu fl-eżamijiet li ġejjin. Fi kwalunkwe każ, kellu jagħmel tajjeb fil-livell tiegħu. Meta l-eżami kien lest, ħassu rilassat. Imbagħad waslet il-ġurnata meta kellhom jitħabbru r-riżultati tal-eżamijiet u Raja kiseb inqas punti milli kien diġà stenna. Il-ġenituri tiegħu lanqas ma kienu sodisfatti bil-prestazzjoni tiegħu.

Ftit xhur wara, Raja kellu jidher fl-eżamijiet tal-bordijiet tiegħu. Il-ġenituri ta' Raja ddeċidew li jgħinuh fl-istudji tiegħu peress li ħasbu li ma setax jgħaddi mingħajr l-għajnuna tagħhom.

Ġurnata waħda missier Raja ċempillu biex jitkellem dwar l-istudji tiegħu?

Huwa qal: "Ibni, kif rajt ir-riżultati tiegħek fuq żmien medju, liema strateġiji ppjanajt li tgħaddi mill-preboards u l-bordijiet?" Int trid ħsibt dwarha ? Huwa ż-żmien it-tajjeb biex tiddiskuti l-affarijiet miegħek?"

Raja ma setax iwieġeb. Huwa żamm omm. Huwa għaraf ukoll l-iżbalji tiegħu fil-passat u t-talba għal xogħol iebes u ppjanat fil-futur.

„X'ksibt billi qattajt il-ħin tiegħek fuq dan l-ismartphone? Inti ddedikat futur tiegħek għal dan l-apparat. Issa mur u żomm magħha."

"Le, Missier. Naf li kont żbaljat."

"Imbagħad x'iddeċidejt għall-futur?"

"Mhux se nżomm ma' dan l-ismartphone aktar. Jekk nagħmel hekk, se nfalli. U m'inix lest li nilqa' l-falliment. Għalhekk iddeċidejt li nagħmel l-almu tiegħi fl-istudji tiegħi. Jien nagħmel skeda u nżomm magħha. Jekk jogħġbok aħfirli, Missier, għall-iżbalji tal-passat tiegħi."

Il-kburija ta' Raja tqajmet bi kliem missieru. Huwa qal: „Dad, inwiegħed li se nistudja b'mod diliġenti u nuri l-eċċellenza tiegħi fl-eżamijiet tal-bord. Jekk jogħġbok berikni u ggwidani wkoll."

„Ftakar, Raja, xejn f'din id-dinja mhu impossibbli. Ladarba tiddeċiedi li tirbaħ, tagħmel għażla tajba. Il-ħaġa li jmiss hija li jkollok pjan u żżomm miegħu. L-isforzi sinċieri tiegħek huma meħtieġa. Il-barka tiegħi hija dejjem miegħek."

Raja biddel ir-rutina tiegħu minn dak in-nhar. Ħoloq skeda fissa biex issegwi. Huwa rriżerva ftit ħin għad-divertiment u l-ebda ħin għall-logħob tal-kompjuter. Huwa uża wkoll l-ismartphone tiegħu għall-istudji tiegħu. B'hekk, Raja ħejja għall-eżamijiet b'impenn kbir, u għalhekk meta daħal fis-sala tal-eżamijiet, ma beża' xejn. Din id-darba mar tajjeb u wieġeb ħafna mill-mistoqsijiet b'mod korrett.

L-istudenti kollha kienu eċċitati bir-riżultat. Kif il

Meta tħabbru r-riżultati tal-eżamijiet, kulħadd baqa' mistagħġeb. Ix-xogħol iebes ta' Raja kien ħalla l-frott. Huwa kiseb l-ewwel post fil-klassi tiegħu. L-għalliema tiegħu tawh fuq dahar u sħabu faħħruh. Il-ġenituri ta' Raja għannquh, xeħtuh bl-imħabba u bierku.

Fil-fatt, Raja kien pjuttost intelliġenti mill-bidu. Huwa għalhekk li sar daqsxejn traskurat u cocky. Imbagħad l-ismartphone daħal f'ħajtu u kkawża ħafna tfixkil fl-istudji tiegħu u f'saħħtu. Għalhekk, għeżież uliedi, ħafna drabi tista' tħoss sitwazzjoni bħal din fil-ħajja. Imbagħad trid tkun konxju tal-fatt li m'hemm l-ebda mod kif taħdem ħafna. U jekk tinvesti l-ħin tiegħek regolarment fl-istudji tiegħek sa mill-bidu, allura ma tħossx li trid taħdem iebes wisq. Studji jistgħu jkunu interessanti ħafna. Jista 'jkollok ukoll xi żmien għal-logħob u divertiment.

L-ippjanar u x-xogħol iebes huma tabilħaqq is-sigrieti tas-suċċess. Raja kien tgħallem ukoll il-lezzjoni.

In-Noti Melodjużi

Noni u Neenu kienu l-aqwa ħbieb. It-tnejn kienu adoloxxenti, madwar ħmistax jew sittax-il sena. Kienu studjaw flimkien sa mit-tfulija. Ukoll il-banda ta' ħbiberija

bejn it-tnejn sar aktar b'saħħtu jum b'jum.

Id-djar li fihom il-

Il-bniet kienu jgħixu, ma kinux daqshekk qrib Kienu 'l bogħod minn xulxin u f'żewġ postijiet differenti. Peress li studjaw fl-istess skola u qasmu wkoll l-istess klassi, kellhom ħin biżżejjed biex iqattgħu flimkien. Iż-żewġ tfajliet studjaw fid-disa' standard. It-tnejn kienu sinċieri u għenu lil xulxin jistudjaw.

Noni kien kemmxejn ogħla u aktar b'saħħtu, filwaqt li Neenu kien irqaq u kellu dehra ordinarja. Fil-fatt, id-dehra mhumiex sinonimi mal-personalità, peress li l-personalità ġenerali ta 'persuna hija taħlita ta' kwalitajiet, attitudnijiet u valuri morali differenti. Huwa għalhekk li ma nistgħux niġġudikaw lin-nies ibbażati biss fuq id-dehra tagħhom. Ilkoll nafu li l-ħbiberija vera hija rigal mingħand Alla. In-nies kuntenti huma talent b'dan ir-rigal prezzjuż. Ħbieb reali ħafna drabi jikkumplimentaw lil xulxin. Kull persuna għandha żbalji u ħadd mhu perfett. Kull persuna tagħmel ħafna żbalji f' ħajjitha. Ħadd min-nies mhu perfett f' din id-dinja kollha. Ilkoll għandna xi nuqqasijiet jew nuqqasijiet oħra. Ukoll, inħossuna perfetti meta jkollna ħbieb leali mingħajr ma nagħmlu ebda sforz speċjali.

Il-ħbiberija ta' Noni u Neenu kienet hekk. Kieku waħda mit-tnejn kellha tkun assenti mill-iskola, l-oħra tgħinha tlesti l-klassi u x-xogħol tad-dar kollha għall-ġurnata. Huma għenu lil xulxin. Għalhekk, it-tnejn iddistingwew ruħhom fl-istudji tagħhom.

Noni kien iħobb il-mużika. Kienet tħobb tkanta wkoll. Kull meta ppruvat, ħasset li ma setgħetx tkanta tajjeb. Min-naħa l-oħra, Neenu kien ikanta ftit. Ġurnata waħda, waqt li Neenu kienet qed iddoqq melodija, dan is-sigriet ġie żvelat lill-ħabib tagħha Noni. Hija apprezzatha. Kienet imdejjaq għaliex leħnha ma kienx daqshekk tajjeb u għaliex ma setgħetx tkanta tajjeb. Imbagħad iddeċidiet li tisma' lil ħabiba u tipprova titgħallem kif tkanta. Talbet lil Neenu biex jgħallimha, iżda Neenu stess ma kinitx għalliema perfetta. Hija qalet: „Għaliex m'għandniex nitkellmu mal-ġenituri tagħna dwar dan? Tista' tirranġa lezzjonijiet tal-mużika għalina t-tnejn peress li għandi ħafna x'nitgħallem ukoll. Jien mhux daqshekk tajjeb fil-mużika."

Noni fehmet dak li kienet qed tipprova tgħid ħabiba. Qaltilha li l-Ħadd li ġej kienet se żżur id-dar ta' Neenu. Neenu kien kuntent. Qalet li l-konversazzjoni kollha saret fost il-ħbieb u wkoll ix-xewqa tagħha.

It-tfal huma ħlejjaq innoċenti ħafna. Huma ċari ħafna u nodfa fil-livell tal-kuxjenza tagħhom M'għandhomx id-drawwa li jżommu r-riżentiment f'qalbhom. Ma jistgħux ma jkunux sempliċi għax ma jħossux il-ħtieġa li jkunu differenti. Hekk kif persuna tikber mit-tfulija sal-adolexxenza, is-sempliċità tal-personalità tagħha tibda tgħib u toħloq saffi jew maskri differenti madwarha. Dak hu li nsejħu „worldliness". Ftakar x'kien jiġri mid-dinja kieku n-nies kollha kienu tfal. Imbagħad ma jkun hemm l-ebda ġlied, l-ebda argumenti u l-ebda jealousy. Kulħadd jista' jibqa' fl-imħabba u l-paċi. Id-dinja ma tkunx post aħjar fejn tgħix.

Fl-aħħar wasal il-Ħadd meta Noni kellu jżur il-post ta' Neenu. Kien għall-ħabta tal-għaxra ta' filgħodu. Neenu kienet diġà infurmat lill-familja tagħha li l-ħabib speċjali tagħha kien ġej. Omm ipprepara t kolazzjon speċjali għall-mistieden speċjali u kulħadd inġabar madwar il-mejda tal-ikel. Il-pakoras tal-ħobż kienu fit-togħma ħafna Huma kollha ħadu gost flimkien mal-konversazzjoni. Mama tkellmet ma' Noni dwar ommha u membri oħra tal-familja, oħrajn attendew ukoll għall-konversazzjonijiet. Wara l-kolazzjon, Neenu ħadet lil Noni madwar id-dar kollha tagħha u mbagħad ħaditha lura f' kamritha.

"Noni, ejja. Ħares lejn din il-kamra. Huwa l-istudju tiegħi ? Kif inhu ? Ejja noqogħdu hawn u nirrilassaw. Comm. Hu dan is-siġġu." Hija indikat wieħed mis-siġġijiet u ħadet l-ieħor għaliha nfisha.

Huma qagħdu hemm għal żmien twil. Huma komplew jitkellmu dwar diversi suġġetti. Imbagħad bdew jilagħbu Scrabble. Noni kien kuntent. Iktar tard, waqt li kienet taqsam xi notebooks, innotat li Neenu kienet kitbet xi kanzunetti fuq wara tan-notebook tagħha. Noni staqsa: „Le, jekk jogħġbok ikanta għalija. Se jagħmilni kuntent." Meta Neenu kantat il-kanzunetta, kienet ferħana li tisma' l-vuċi melodika tagħha. Is-serata wara li kien lagħab u ħa gost ħafna, Noni ried imur lura. Qalet addio lil kulħadd u marret lura.

Meta waslet id-dar, Noni bdiet tinsisti ma' ommha kuljum li riedet titgħallem ukoll il-mużika vokali. Għoġobha wkoll l-idea. Ommha kienet diġà kkunsidrat li tagħti lezzjonijiet tal-mużika lil bintha uffiċjalment. Għalhekk il-ġenituri taż-żewġ tfajliet tkellmu dwar l-istess ħaġa. Kien hemm skola tal-mużika fil-belt. Iż-żewġ ħbieb, Neenu u Noni, kellhom taħriġ fil-mużika klassika hemmhekk. Kellhom ukoll jipprattikaw il-kant id-dar. Fi ftit xhur tgħallmu l-baŜi tal-mużika. Kull meta kantaw flimkien, l-inħawi saru ferrieħa bil-vuċi ħelwa u melodika tagħhom. Kulħadd kien kuntent id-dar u l-iskola u apprezza l-isforzi taż-żewġ tfajliet.

Nanna U Amisha

Nanna, oh imħabba tiegħi

Nanna, fejn int? Ilni nfittex kullimkien? Qed tilgħab il-logħba tal-ħabi miegħi?"

Amisha, tifel ta' għaxar snin

Tifla, daħlet fid-dar tagħha hawn u hemm. Hekk kif iddur, lemħet lin-nanna bilqiegħda fil-kamra tat-talb. Hija ħasbet: "Ma tkunx idea aħjar li tistenna ftit minflok tfixkelha waqt it-talb tagħha?"U ċ-ċkejkna Amisha baqgħet tistenna ftit 'il bogħod. Imma ma setgħetx tistenna aktar minn ftit minuti. Marret għand in-Nanna u bdiet tinkwietaha.

"Oh, Amisha, int. Nista' nidentifikak fi kwalunkwe ħin, anke b'għajnejja magħluqa. Oh ! Ejja, pupa imqareb. Ħallini l-ewwel. Hekk biss nista' nismagħkom dak li trid tgħid «, qalet in-nanna tagħhaLittle Amisha kienet xi ftit imqareb. Ħafna mill-ħin riedet li xi ħadd jilgħab magħha. Fid-dar, nanna tagħha kienet l-aqwa ħabiba tagħha. Dejjem ippruvat tibqa' magħha. Jew it-tnejn tkellmu ħafna jew iċ-ċkejken ried jirrakkonta xi stejjer jew rimi jew l-esperjenzi tagħha fl-iskola. Xi drabi kienet kurjuża biex tisma' stejjer mingħand nanniha.

X'ħaġa sabiħa ħalaq Alla. Il-ħbiberija taż-żgħażagħ u l-anzjani It-tnejn jħobbu l-kumpanija ta' xulxin peress li l-aktar għandhom bżonnha. Il-ħlejjaq żgħar dejjem ikollhom xi jgħidu u jaqsmu mal-maħbubin tagħhom. In-nanniet jafu kif jittrattaw dak kollu li jħobbu jagħmlu ż-żgħar. Hekk għamlu n-nanna u Amisha, in-neputija tagħha.

Meta spiċċa t-talb, in-nanna kellha bżonn xi ħaġa

Appoġġ biex tqum. Sostniet l-armi ta' Amisha, qamet u ħarġet mill-kamra tat-talb.

Amisha kellha ħafna man-nanna tagħha, kull meta kienet tara lin-nanna tagħha b'xi ħin liberu, kienet tibda tkellimha. Minbarra li lagħbet magħha, qasmet l-avvenimenti kollha ta' żmienha. L-istejjer kollha mill-iskola tagħha u dak kollu li kellha f'rasha. Il-ġenituri tagħha ħadmu u ma kellhomx ħin liberu x'jqattgħu ma' binhom. Nannuha kien dejjem okkupat jew jaqra l-gazzetta jew jara t-TV. Xi drabi kien iħobb jilgħab ukoll mal-kreatura l-aktar ħelwa fid-dar.

B'dan il-mod, in-nanna u d-duo amisha kienu qrib ħafna u ħadmu tajjeb. Huma ppruvaw xi ħaġa ġdida kull meta kellhom ħin.

In-nanna qagħdet fuq is-siġġu tas-sufan fil-hallway.   Amisha ġiet hemm ukoll u tbaxxiet fuq ħoġorha. Għannqet lin-neputija tagħha u ħallietha bilqiegħda ħdejha. Imbagħad staqsiet x'riedet tgħid waqt it-talb.

"Nanna, x'għamilt hemm?"

"Tlabt lil Alla."

"Għaliex qed titlob lil Maa?"

"Nitlob għall-benessri tiegħek u għall-benessri ta 'kulħadd."

"Huwa meħtieġ li kulħadd jitlob kuljum?"

"Iva, imħabba tiegħi. Kulħadd irid jitlob mill-inqas darba jew darbtejn kuljum."

"Alla jismagħna ?"

„Yes, Alla jisma' wkoll it-talb tagħna u jwieġebhom."

"Jekk ma nitlobx, Alla jikkastigani?"

„Le, Alla jħobbna lkoll. Għaliex se jikkastigana għall-ebda raġuni?"

"Nanna, xi nies jgħidu li Alla jikkastigana. Mhux veru ?"

„Attwalment, Alla jħobbna biss Aħna kkastigati għall-iżbalji tagħna stess. L-għalliem tiegħek ma jikkastigekx kull darba li tagħmel inkwiet fil-klassi?"

"Iva, hi tagħmel."

"Ma tħobbx?"

"O nanna, tħobbni l-aktar."

„ L-imħabba tiegħi, l-istess jgħodd għal Alla. Issa tiftakar. Aħna kkastigati għal atti żbaljati. Hija l-imħabba u l-kura ta' Alla li ssostni lilna u tagħmilna għaqlin biżżejjed biex nagħmlu l-affarijiet it-tajba fil-mument it-tajjeb u wkoll l-att ta' qalb tajba."

"Oh ! Nanna. Int in-nanna favorita tiegħi. Issa se nkompli nitlob lil Alla biex inkun aktar għaqli milli jien issa. Dritt?"

"Sewwa, it-tifel tiegħi. Assolutament id-dritt." U għannqet lil Amisha.

"Nanna, smajt titlob xi ħaġa mingħand Alla. Tista 'tgħidli dwar xiex kien?"

»Għaliex le ? Żgur ngħidlek. Tlabt lil Alla biex jispira lin-neputi tiegħi biex illum tagħmel it-te għalija."

"Jien, Nanna? Qed tiddejjaqni? Kif nista 'nagħmel tè għalik sakemm inkun naf kif isir?" Staqsiet Amisha bla mistenni.

"Ejja, pupa tiegħi. M'hemm xejn x'tibża'. Ejja mmorru l-kċina l-ewwel. Imbagħad ngħallimkom kif tagħmel kikkra tè."

„Grandma, nista' nitgħallemha fuq YouTube wkoll."

"Żgur, tista' titgħallem xi ħaġa fuq YouTube, imma tħobb titgħallemha minni peress li bħalissa qiegħed miegħek. Jekk tagħmel it-tè, nieħu ħsiebek. Speċjalment issa li int żgħir wisq, huwa importanti ħafna għalija li nkun miegħek. Għax lanqas biss taf kif timmaniġġja sew il-gass u l-qali pan."

Amisha eżita. Riedet tagħmel ix-xogħol kollu fil-kċina waħedha u bil-mod tagħha. Hija kellha fiduċja kbira fiha nfisha u fl-esperjenzi tagħha fuq YouTube. Min-naħa l-oħra, nanna tagħha kellha fiduċja fl-esperjenzi ta' ħajjitha stess.

Għalhekk ġie deċiż li kemm in-nanna kif ukoll Amisha jagħmlu t-tè flimkien, u marru lejn il-kċina.

Id-Doċċa Iżolata

Ftit ilu, żewġt iħbieb jisimhom Leelavati u Kalavati kienu jgħixu f'belt imsejħa Rampur, iż-żewġ onorevoli kienu ġirien u wkoll ħbieb qrib. Hemm għajdut dwar in-nisa li kull darba li jiltaqgħu, jitkellmu wisq u l-fokus tal-konversazzjoni tagħhom huwa li jikkritika nies oħra. Għalkemm ix-xnigħat huma xnigħat, xi drabi n-nies jibdew jemmnuhom bla ma jkunu jafu. Irridu nkunu nafu li mhix drawwa tajba li nikkritikaw lil ħaddieħor mingħajr raġuni. Xi nies jiżviluppawha bil-mod, anke jekk ma jkunux konxji minnha.

L-imġieba ta' dawn iż-żewġt iħbieb kienet tikkontradixxi dan. Qatt ma għoġbu jgħidu malafama dwar ħaddieħor. Kienu jħobbu jaqsmu l-ferħ u l-inkwiet ta' xulxin jew jiffokaw fuq is-soluzzjoni ta' problema reali. Meta ma kellhom xejn x'jagħmlu, qasmu ċajt u daħqu bil-qalb.

Ir-raġel ta' Kalavati kien jaħdem bħala kaxxier tal-bank filwaqt li r-raġel ta' Leelavati kien ħaddiem tad-deheb, it-tnejn kellhom tfal tal-iskola, kull meta kellhom ħin liberu kienu jiltaqgħu d-dar. B'dan il-mod għadda ż-żmien. L-ebda wieħed minnhom ma kien iħobb jaħli l-gossiping tal-ħin liberu tagħhom, għalhekk bdew jippjanaw xi ħaġa ġdida u kreattiva. Huma kienu qed ifittxu ideat li jistgħu jimplimentaw fir-realtà. Dan jagħtihom xogħol u flus . Huma se jieħdu pjaċir jaħdmu flimkien. Għalkemm ma kienx biċċa xogħol faċli Biex tibda negozju ġdid u tikber, din teħtieġ attenzjoni sħiħa, ħin, għarfien kif ukoll impenn.

Madankollu, ma kinux meħtieġa jagħmlu l-flus, peress li l-finanzi fid-dar kienu pjuttost biżżejjed biex ilaħħqu. Anke dakinhar, riedu jkunu aktar produttivi milli kienu. Kien jagħmilhom kuntenti u l-familji tagħhom ukoll. X'għandek tagħmel u liema kumpanija tibda kienet mistoqsija li kienet quddiemha.

Darba kien hemm tnaqqis fis-suq tad-deheb. Dan kellu impatt negattiv fuq in-negozju tar-raġel ta' Leela. Għalkemm hemm tlugħ u nżul fis-suq minn żmien għal żmien. U ma tkunx problema permanenti.

"Huwa ż-żmien it-tajjeb biex tibda negozju ġdid." Leela ħasbet.

»Kala, oħti, ismagħni. Għandi idea f'rasi. Nispera li tixtieq ukoll." Leela qasmet l-opinjoni tagħha ma' ħabiba.

"Jista 'jkun. Let me know xi ħaġa fid-dettall." Kala wieġeb.

"M'għandniex nibdew il-kumpanija tagħna stess?"

»Sure. Dik hija idea kbira."

"Tgħidli, x'tip ta' negozju għandna nibdew? It-tnejn għandna naħdmu flimkien fi sħubija?"

»Iva, definittivament«, qal Kalavati.

„Dak li jaqbel lilna? Jiġifieri startup fejn għandna bżonn għajnuna minima minn membri oħra tal-familja tagħna."

"Isma', oħt Leela. Ejja nibdew negozju bil-ħjar u l-papijiet. It-tnejn se nippreparaw dawn il-prodotti fil-bidu. Hekk kif il-kumpanija tikber, se nitolbu lil xi impjegati oħra għall-għajnuna." Kalavati tkellem b' entużjażmu.

"Iva, dan ħsejjes tajjeb." Leela apprezzat l-idea tagħha.

Se nitgħallmu wkoll nużaw it-tekniki l-ġodda biex inkabbru n-negozju tagħna." Kalavati kompla.

Fl-aħħarnett, l-idea ġiet approvata u mqiegħda fil-prattika. It-tnejn kitbu l-materja prima u xtrawhom fis-supermarket. Huma ġabu legumi, ħwawar u l-ispreadsheets biex jagħmlu u jnixxfu l-papads. Ġabu ħafna ħaxix bħal karrotti, pastard, chili u gooseberries, ravanell u ħafna aktar biex jagħmlu l-ħjar. Huma xtraw kontenituri għall-ħażna u l-ippakkjar tal-prodotti.

B'dan il-mod, iż-żewġ ħbieb ħadmu ħafna kuljum u ppreparaw il-prodotti bir-reqqa, u għamlu kuntatti ma 'xi bejjiegħa tal-ħwienet li kienu lesti li jbigħu u jippromwovu l-prodotti tagħhom fuq bażi regolari. Meta kisbu l-ewwel dħul tagħhom, kienu kuntenti ħafna. Il-membri tal-familja tagħha apprezzaw ukoll ix-xogħol iebes tagħha. Kienu kburin ukoll. Ladarba kienu kollha miġbura f'post wieħed biex jiċċelebraw l-ewwel suċċess tagħhom, uliedhom tawhom parir: "Omm, għaliex ma tbigħx il-prodotti tiegħek online?"

"Aħna m'aħniex konxji ta 'dawn l-affarijiet." Iż-żewġ ommijiet qalu unanimament.

"Ikun faċli, omm. Iz-zija, aħna t-tfal ngħinuk b'dan. Hemm tant siti tax-xiri onlajn fejn bejjiegħa differenti jbigħu l-prodotti tagħhom. Mhux se jkun biċċa xogħol diffiċli għalik. Oħloq kont tal-bejjiegħ u biegħ il-prodotti tiegħek bħala "Leela Kala Papad" u "Leela Kala Pickles"." U fi żmien xhur, in-nies se jħobbu l-prodotti tiegħek. Allura toqgħodx lura milli titgħallem l-affarijiet il-ġodda. Intom ommijietna kuraġġużi Aħna se ngħinuk ħafna. M'aħniex aħna wliedek ?« qal it-tfal.

„Idea kbira ! Imbagħad dalwaqt inkunu famużi. Għandi raġun?" Leelavati u Kalavati tkellmu flimkien. Imbagħad kulħadd preżenti ċapċip.

"Hija l-verità. Tassew, dik mhix ċajta," qalu t-tfal.

"Tajjeb, ejja nippruvawha." Iż-żewġ ħbieb qalu. Ġew determinati.

Imbagħad ġara. Kollha ħadmu flimkien. Il-bejgħ u l-produzzjoni żdiedu jum b'jum u setgħu jagħmlu aktar profitti. In-negozju tagħhom beda jiddi fis-suq. Issa Leela Kala kienet saret isem tad-ditta famuża.

Kien ir-riżultat ta' rieda tajba u l-isforzi magħquda ta' kulħadd.

Kienet nofsinhar sħun tas-sajf. Sħab mifruxa mas-sema.

"Mhux se nkunu nistgħu nagħmlu papà u ħjar illum. Allura, ejja nieħdu pjaċir ftit illum. Xi drabi għandna nieħdu pawża " ħasbu lil Kalavati u ċemplu lil Leelavati fuq it-telefon tagħha, „Leela sister ! Ejja hawn malajr."

"X'ġara, imħabba tiegħi ? Kollox tajjeb?"

"Int tiġi l-ewwel. Hemm sorpriża għalik."

"Oh ! Le, jekk jogħġbok għidli li żgur se niġi. Ladarba nlesti l-kompitu, nidher quddiemek."

"Imbagħad isma, oħt . Ħares lejn is-sema. It-temp huwa tant sabiħ. Ma tkunx idea friska li tixrob tè u snacks flimkien? Allura jekk jogħġbok. Ejja mingħajr dewmien. Immur il-kċina biex nagħmel pakoras u tè."

„X'idea sabiħa. Ħalqi beda tiċrita. Inkun hemm fi ftit minuti bi zekka delizzjuża u chutney tal-kosbor." Leela wieġbet u mdendla. Imbagħad kienet okkupata tagħmel iz-zalza. Ħadu biss għaxar minuti u z-zalza kienet lesta. Leela tefgħet il-kontenut fi skutella tal-ħġieġ u żammha f'idejha, u waslet fil-post tal-festa. Kulħadd kien qed jistennieha bil-ħerqa.

"Ejja, Leela. Oh ! Tant sabiħ. It-togħma tagħha hija sabiħa. Jekk jogħġbok poġġi bilqiegħda u ħu l-platt tiegħek." Kalavati qal.

Kulħadd beda jservi l-platti fuq il-platti tiegħu. Kala serva t-tè għal kulħadd . Kulħadd kien igawdi l-snacks, it-te u l-kumpanija ta' xulxin flimkien mat-temp sabiħ.

Il-veduta ta 'barra kienet viżibbli mit-tieqa, it-temp kien pjaċevoli u r-riħ kiesħa kienet jonfoħ. Wara ftit bdiet ix-xita. Fil-bidu kien hemm doċċa iżolata. F'daqqa waħda bdiet ix-xita qawwija. Deher bħallikieku l-pjanti u s-siġar kienu ferħanin u wrew il-ferħ tagħhom billi ċċaqalqu l-friegħi tagħhom bħall-armi. L-ambjent kollu kien sar vivaċi ħafna. Wara t-tea party, in-nies gawdew ħafna fi temp frisk, iż-żewġt iħbieb bdew jitkellmu u t-tfal kienu okkupati bil-logħob tagħhom. Meta x-xita waqfet nieżla, fis-sema dehret qawsalla sabiħa.

It-Tfajla Brave

Darba kien hemm belt imsejħa Sitapur

għexet tifla

imsemmi Bawri mal-ġenituri tagħha. Din l-istorja ġrat fi żminijiet akbar, meta l-ġenituri ma tantx kienu attenti meta jagħżlu l-ismijiet ta' wliedhom. Kienu jċemplu lil uliedhom b'kull isem li riedu. "Bawri" tfisser miġnun bil-Ħindi, iżda t-tfajla fl-istorja kienet eżattament l-oppost ta 'dak. Jekk huwa isem, fil-biċċa l-kbira tal-każijiet isir drawwa li persuna tissejjaħ b'dak l-isem mingħajr ma ħadd ma jaħseb dwar it-tifsira tiegħu. Kien l-istess mat-tfajla intelliġenti Bawri. Anke dakinhar ma kinitx sodisfatta b'isimha. Dejjem ħasbet x'kien ikun tajjeb kieku hi wkoll kellha isem sabiħ bħal Uma, Rama jew Tina ta' sħabha. Kull meta xi ħadd iċempel isimha, kienet imdejjaq għax ma kinitx togħġob isimha. Imma kienet bla sahha. Kif tista' tkun tista' tbiddel isimha peress li l-isem huwa għal dejjem?

Ġurnata waħda, waqt li kienet bilqiegħda ħdejn ommha, rat li bintha kellha dmugħ f'għajnejha.

"Bawri, qed tibki? Għaliex qed tibki? X'kien għamel lil binti imdejjaq? Jekk jogħġbok għarrafni dwar il-problema tiegħek? Xi ħaġa marret ħażin?"

"Le, omm. Xejn ġdid. Mhux daqshekk importanti. Jien ok"

"Le, hemm raġuni li tinkwetak. Huwa importanti ħafna li għall-inqas tgħid lil ommok. Ma tista' taħbi xejn minni" Meta ommha insistiet li tgħid il-verità, kellha titkellem.

L-omm kienet sorpriża meta saret taf li isem bintha kien sar problema għaliha, ippruvat tissodisfa d-dikjarazzjoni tagħha: „ L-imħabba tiegħi, xi wħud mill-problemi li għandna mhumiex reali imma immaġinarji, hekk ukoll tiegħek. M'għandekx ikollok sensazzjoni ħażina dwar ismek. Ħadd ma jaħseb dwarha. L-isem mhux int. Hija biss għodda użata biex issejjaħlek. L-ismijiet ma jiddefinixxux persuna. Il-persuna attwali fi ħdanek hija identifikata mill-kwalitajiet u l-azzjonijiet interni tiegħek li jitwettqu minnek. M'għandekx għalfejn tinkwieta dwarha. In-nies ma jimpurtahomx mill-isem. Anke allura, jiddispjaċini jekk ikkawżalek problemi. Qatt ma kelli idea li kien se jiġri xi darba."

Bawri semgħet bir-reqqa lil ommha. Hija waqfet tibki.

Ommha mbagħad bdiet isejħilha Sanvari minflok. Kienet tħobbha wisq meta kienet bintha. Kienet tifla ħelwa. Kienet ukoll intelliġenti ħafna u intelliġenti. Kull meta kien hemm problema, hija użat moħħ intelliġenti tagħha biex issolviha malajr kemm jista 'jkun. Bil-mod waqfet taħseb dwar isimha u bidlet ħafna mill-attenzjoni tagħha għall-istudju u x-xogħol.

Kienet tifla żgħira. It-tfal żgħar jikbru aktar malajr Hija wkoll kibret bħal creep selvaġġ. Hija żviluppat personalità ferrieħa. Dejjem kienet okkupata taqra, tilgħab u titgħallem xi ħaġa ġdida jew kreattiva.

Fir-realtà, id-dar tal-ġenituri tagħha kienet ċentru ta' kaos u tfulija impenjattiva. Kemm jekk huwa creeper selvaġġ jew creeper tal-ħajja, se jirnexxi u jiffjorixxi. Hija għamlet lil kulħadd kuntent bil-vuċi ħelwa tagħha. Meta ommha tatha xi xogħlijiet tad-dar, ma għoġbithiex. Bilkemm setgħet tidħaq u ħassitha tibki.

Omm Bawri ma kellhiex wisq edukazzjoni formali. Anke dakinhar, kienet taf kemm kienet importanti l-edukazzjoni. Ma riditx li bintha taħli l-ħin prezzjuż tagħha fil-kċina u tkun mgħobbija. Għax jieħu wkoll iż-żmien biex titgħallem. Iżda minħabba ħafna xogħol id-dar, l-omm ġieli għajjien. Imbagħad ċemplet lil bintha biex tieħu l-għajnuna mingħandha, għalkemm b'qalbhom meta nqalgħet il-bżonn.

Għaddew diversi snin b'dan il-mod. Sanvari ggradwa mill-iskola tan-nofs bi gradi eċċellenti u mbagħad kiseb l-ewwel post fl-iskola sekondarja. Ukoll, meta kienet fil-ħdax-il grad max-Science Stream, sabet li l-istudju tax-xjenza kien sfida, għalhekk bil-permess tal-ġenituri tagħha, bdiet tinvesti aktar u aktar ħin fl-istudji tagħha.

Iż-żmien għandu ġwienaħ. Jidher li jtir malajr meta tkun kuntent. Bawri, l-uniku wild tal-ġenituri tagħha, kienet it-tuffieħ ta' għajnejha. Ħadu l-aħjar ħsieb tat-tifel tagħhom. Kull meta talbet xi ħaġa, ippruvaw iwettquha spiss. Bawri wkoll kien għaqli biżżejjed u kien jaf il-limiti. Kellha wkoll sens ta' rispett lejn il-ġenituri tagħha. Kienet persuna sodisfatta mingħajr xewqat bla bżonn.

Bawri kien kiber maż-żmien. Moħħha ma kienx mimsus biż-żminijiet li jinbidlu. L-enfasi kollha tagħha kienet fuq l-istudji tagħha u l-bini tal-karriera tagħha. B'dan l-impenn, Bawri għaddiet mit-tnax-il eżami

tagħha bil-kuluri u ddaħħlet fi programm ta' Bachelor of Science.

Missier Bawri, Ramnath Ji, kellu dar kbira fejn kien jgħix mal-familja tiegħu. Id-dar kellha terrazzin kbir miftuħ fil-quċċata. L-ewwel sular tad-dar kien jikkonsisti fi tliet sezzjonijiet. Sezzjoni waħda kien fiha kmamar, it-tieni taqsima kellha l-kċina u bitħa spazjuża. It-tielet taqsima kellha ġnien bil-ħaxix aħdar lush u diversi pjanti u siġar.

Kultant ħabiba Rama kienet tiġi tistudja magħha, u kultant Bawri kien imur id-dar ta' Rama. Il-biċċa l-kbira tal-ħin, madankollu, studjat id-dar.

Fis-sajf, il-familja spiss kienet tmur fuq il-bejt biex tgawdi l-arja friska, u kultant kienu jorqdu hemm ukoll. Dak iż-żmien, qtugħ tad-dawl li dam diversi sigħat kienu komuni. Biex jiġi evitat l-inkonvenjent ta' 'temp sħun matul il-perjodu ta' mistrieħ, in-nies jew marru fuq il-bejt jew raqdu fil-bitħa.

Kien lejl tas-sajf. Bawri studja fuq il-bejt u eventwalment raqad. Fil-bitħa, missierha kien rieqed Kien wara nofsillejl u kulħadd kien raqad. Bawri kien ukoll rieqed. F'dawn iż-żminijiet bikrija kien komuni li torqod għall-ħabta tad-disgħa jew l-għaxra.

Waqt l-irqad, Bawri kien għatx. Qammet u riedet tinżel biex tieħu l-ilma mill-kċina. Hija nnotat dell miexi hawn u hemm fuq il-ħajt. Kienet xi ftit tibża'.

"X'qed jimxi fuq il-puġġaman hemm ? Hemm xi ħadd bilwieqfa hemm? Oh ! Iva, hemm ħalliel li nista' narah b'mod ċar."

Il-ħalliel mar jimxi fuq il-puġġaman. Kien lejl mudlam u pprova jieħu vantaġġ minnu. Qalbha bdiet tiġri.

"Oh ! Nifhem." għajjat vuċi minn ġewwa tagħha. X'għandu jsir issa? Moħħha beda jiġri.

„Għaliex nibża'. M'hemm xejn x'tibża'.   Il-ħalliel għadu 'l bogħod minni. Ma jistax jilħaqni fi ftit sekondi. Għandi ngħajjat immedjatament biex inqum lil missieri." Hija ddeċidiet. Mill-ewwel għajjat bil-qawwi biex tqum lil missierha, li kien għadu jorqod fil-bitħa.

„Dad, papà ! Ħares hemmhekk... hemm ħalliel !" Jista' Bawri jgħid .

Meta missierha sema' leħnha, mill-ewwel qam.

»Bawri, fejn ? Fejn hu l-ħalliel ?" Missier Bawri staqsa.

»Dad, ħares fuq hemm«, qal Bawri, filwaqt li indika l-puġġaman.

"Imma dak x'inhu? Fejn hu l-ħalliel issa ? Ma nistax narah bħalissa. Kien hawn ftit mumenti ilu.« Bawri qal. Tant kienet sorpriża li kienet taf kif il-ħalliel kien sparixxa f'daqqa Minħabba l-irvell u l-biża' li jinqabad, il-ħalliel żgur li qabeż minn fuq iċ-ċint biex jaħrab.

 Imbagħad Bawri niżlet it-taraġ Missierha kien kuntent ħafna bil-kuraġġ ta' bintha, kieku ma qajjimx fil-ħin, il-ħalliel seta' jagħmel serqa f'darhom. Xi ħadd fid-dar qam. Ommha wriet ukoll lil bintha kuraġġuża b'imħabba u affezzjoni billi apprezzatha.

„Binti kuraġġuża Bawri hija l-aktar kuraġġuża. Int għamilt xogħol tajjeb."

Bawri kien kuntent ħafna u kburi bih innifsu. Bawri kienet kburija wkoll b'isimha dak iż-żmien.

L-Art tal-Fairytale

Sarang kien tifel żgħir sabiħ u ferrieħa. Huwa kien l-ewwel

sena u nofs. Kien tarbija pjuttost attiva. Huwa kien jimpurtah ħażin il-ġurnata kollha

biex tagħmel attivitajiet. Dejjem ipprova jikkopja l-attivitajiet ta ' kulħadd. Huwa imita lil ommu billi taparsi jiknes. Bħal missieru, ħa pinzell tal-leħja u taparsi jqaxxar bħalu. Ħa gost ħafna. Il-membri kollha tal-familja ħadu gost ukoll jaraw l-attivitajiet divertenti tiegħu. F'dan iż-żmien, omm Sarang tatu diversi ġugarelli biex jilgħab magħhom u ppruvat tinvolvih fil-logħob. Imma t-tfal huma tfal, jekk ikollhom il-ġugarelli, lanqas iridu jmissuhom. Iħobbu jġibu ruħhom bħall-anzjani. Huwa għalhekk li jikkupjaw l-azzjonijiet tagħhom u l-mod kif joqogħdu, joqogħdu bilwieqfa, jitkellmu u saħansitra jieklu. Xi drabi jsiru l-eħfef sors ta' divertiment disponibbli għal kulħadd. Kien l-istess mat-tifel ċkejken Sarang.

Meta kiber, il-ġenituri tiegħu ppruvaw iġegħluh jitgħallem xi ħaġa ġdida kuljum. Saħansitra rreċitawlu poeżiji żgħar. Sarang irrepetiet dawn biss flimkien mal-vuċi ta' ommha, tgħallem jitkellem sew. Jitgħallem ftit kliem ġdid kuljum Għalkemm ma setax jippronunzja kull kelma b'mod korrett, ipprova. L-azzjonijiet kollha tiegħu għamlu lill-ġenituri tiegħu kuntenti ħafna. Għamel il-ġurnata kollha jirreċita l-poeżiji li kien tgħallem, u mexa minn kantuniera għal rokna oħra ta' daru. Hekk kif Sarang kiber ftit, kien jieħu pjaċir jisma' stejjer mingħand ommu, tgħallem ukoll xi wħud minnhom.

Sarang kellu ħafna ħbieb fil-viċinat tiegħu. Kollha ma kinux il-grupp ta' età tiegħu. Ħafna minnhom kienu ftit akbar minnu Anke dakinhar, kollha riedu jilagħbu ma 'Sarang. Sarang kienet it-tuffieħ ta' għajnejha. Fost dawn it-tfal kien hemm tifla jisimha Hina. Hija kkunsidrat Sarang ħuha u iħobbu l-aktar. Hija trid tilgħab ma' Sarang il-ġurnata kollha. Huma jew lagħbu ma' Sarang jew magħha Hija spiss insistiet li ġġib lil Sarang id-dar tagħha. Sarang għoġobhom ukoll il-kumpanija tagħhom. Fuq talba persistenti ta' Hina, omm Sarang ħallietu jmur id-dar ta' Hina. Hina kienet tifla ta' sitt snin. Kienet poġġiet ruħha tajjeb ħafna fir-rwol ta' oħtu l-kbira. Hija affettivament imsejħa Sarang „Mowgli". Omm Hina ħadet ħsieb ukoll lil Sarang bħallikieku kien binha stess. Għalhekk ta' erba' snin, Sarang qatta' l-ħin tiegħu jilgħab il-logħob u sar intelliġenti.

Ġurnata waħda missier Sarang ġablu ktieb awdjo. Kien il-ktieb awdjo tal-fairy tales. Sarang kellu interess qawwi fil-qari u s-smigħ tal-istejjer. Daqq il-ktieb awdjo u sema' l-ħrejjef kollha. Huwa semagħhom kontinwament għal diversi jiem. Għamiltu ferħan. Kuljum kien jisma ' l-ħrejjef u kien igawdi ħafna.

Ġurnata waħda Sarang kellu ħolma dwar il-fairies. Ir-reġina tal-fairy kienet ġiet id-dar tiegħu biex tiltaqa' miegħu. Ħaditu l-Art tal-Fairytale. Huwa mexa kullimkien. Hemmhekk ra tipi differenti ta' fairies. Deher li kienu f'wiċċ l-ilma fl-arja minn hawn għal hemm. Kull meta pprova jitlob xi ħaġa lir-reġina tal-fairy, hija indikat li għandu jibqa' sieket. Fil-bidu, Sarang ra żewġ fairies, il-fairy terribbli u l-fairy rrabjata. Ir-reġina tal-fairy qabdet id Sarang u ħaditha 'l bogħod minnhom. Hemmhekk iltaqa' ma' tant fairies ta' qalb tajba.

Ir-reġina tal-fairy qalet lit-tifel: „Sarang, ara. Dawn huma kollha fairies tajbin. Huma verament jgħinu lil kull min jagħmel għemejjel nobbli."

Sarang kien kuntent ħafna li jimxi madwar art tal-fairytale hawn u hemm. Hu qatt ma kien f'art tal-fairytale. Huwa staqsa lir-reġina tal-fairy: "Nista 'nibqa' hawn f'art tal-fairytale għal dejjem?"

Meta semgħet dan, ir-Reġina Fairy tbissmet u wieġbet: „Le, Sarang, l-imħabba tiegħi. Ma tistax tibqa' hawn. L-art tal-fairytale mhix maħsuba għan-nies. Huwa biss post ta 'fairies."

Sarang kien imdejjaq bħalissa. Kellu xewqa kbira li joqgħod f'art tal-fairytale. Meta rat lilu mqalleb, ir-Reġina Fairy qalet: "Tkunx imdejjaq, Sarang. Tista' terġa' żżur art tal-fairytale kull meta trid."

Sarang kien kuntent ħafna li sema' dan. Il-Fairy Queen kompliet: "Jekk in-nies kollha jibdew jgħixu f' art tal-fairytale, din tkun iffullata u x' aktarx in-numru ta' fairies terribbli u rrabjati jiżdied. Imbagħad ħadd ma jixtieq jgħix hawn. Il-fairies tajbin jixtiequ jaħarbu minn dan il-post." Sarang kien sorpriż ħafna. Ir-Reġina Fairy xejret il-bastun tagħha fl-arja u talbet lil Sarang biex tagħmel xewqa.

Sarang ried ikun narratur. Ir-reġina tal-fairy bierku bil-barka.

Sarang esprima x-xewqa tiegħu li jerġa' jżur l-art tal-fairytale. Din id-darba r-Reġina Fairy ma qalet xejn. Hija tbissmet u bil-mod mess ras Sarang bil-bastun tagħha, Sarang ħass li kien qed jaqa 'l-art. Meta fetaħ għajnejh, induna li kien qed joħlom b'art tal-fairytale. Ftakar b' qalb kbira f' dak kollu li kien ħolom bih. Wara ftit jiem, Sarang kien nesa l-ħolma tiegħu ta 'art tal-fairytale.

Sarang studja fl-iskola fl-ewwel grad. Huwa kien tgħallem jibni sentenzi. Ġurnata waħda, waqt li kien qed jagħmel ix-xogħol tad-dar tiegħu bil-Ħindi, ħaseb biex jikteb storja. Huwa qabad id-djarju ta' ommu u malajr ħareġ lapes biex jibda jikteb l-istorja.

Huwa kiteb l-istorja xi ħaġa bħal din. It-titlu **kien "l-Għerf ta' Sohan".**

Raġel sinjur jismu Dhaniram kien jgħix f'raħal, kellu tifel jismu Sohan. Ġurnata waħda, Dhaniram kellu joħroġ għal xogħol urġenti u jħalli lil ibnu Sohan id-dar. Huwa ta struzzjonijiet lil Sohan biex jissakkar il-bieb kif suppost u ma jiftaħx għall-barranin.

Ftit wara li Dhaniram telaq, xi ħadd ħabbat il-bieb, Sohan staqsa: "Min hu?" Il-barrani wieġeb: "Jien ħabib ta 'Dhaniram." Sohan fetaħ il-bieb u kien sorpriż li sab żewġ intrużi fid-dar. Imbagħad fakkar fil-parir ta' missieru biex juża l-moħħ intelliġenti u l-paċenzja tiegħu fi żminijiet diffiċli. Sohan ra lil wieħed mill-intruders jipponta pistola lejh.

Sohan malajr ħareġ bi pjan. Huwa sab skuża biex imur it-tojlit. Meta rritorna minn hemm, staqsa lill-intrużi: "Se tixrob l-ilma?" Meta qalu iva, ġab l-ilma Wara li xorbu dan l-ilma, l-invażuri waqgħu mitlufa minn sensihom u waqgħu mal-art. Minghajr ma jafu l-invażuri, Sohan kien żied droga għall-irqad mal-ilma li kien qed iservi. Xorbu u ma damux ma tilfu minn sensihom. Sohan mill-ewwel ċempel lill-pulizija u għarrafhom bl-intrużi. Il-pulizija ġew u arrestaw lill-kriminali. Sa dan iż-żmien, missieru Dhaniram kien ukoll mar lura d-dar. Il-pulizija faħħru ħafna l-intelliġenza ta' Sohan u tawh ukoll premju. Missier Sohan kien iħobbu ħafna.

Sarang wera din l-istorja lil ommu, li kienet kuntenta ħafna. Hija ħeġġet lil Sarang biex jikteb aktar stejjer.

Hekk kif Sarang kiber, sar aktar u aktar kreattiv Darba kien hemm kompetizzjoni tal-kitba tal-istorja organizzata fl-iskola. Sarang ikkompetiet ukoll f'din il-kompetizzjoni u rċieva l-premju. L-għalliema kollha beriktuh. Ommu kienet tħobbu ħafna.

Hekk kif Sarang raqad dak il-lejl, reġa' ħolom b'art ta' sħarijiet. Ir-reġina tal-fairy kienet tħobbu u bierku ħafna (. Reġgħu daru hemmhekk fost il-fairies.

Iċ-Ċinju tad-Deheb

Darba f'raħal kien hemm raġel jismu Budhua. Nisġa bis-sengħa, kien jinsiġ ħwejjeġ u jbigħhom fis-suq. Ħadem b'mod diliġenti minn filgħodu sa filgħaxija, insiġ il-ġurnata kollha. Minkejja x-xogħol iebes tiegħu, kien fqir ħafna. Xorta waħda, kien kapaċi jagħmel iż-żewġ rawnds.

Kien hemm biss żewġ membri fil-familja tiegħu, ħdejh, ommu anzjana kienet tgħix id-dar. Ommu kienet anzjana ħafna. L-età tagħha kienet tidher b'mod ċar fuq wiċċha. Saqajha kienu kważi mdendlin fil-qabar Hija kienet inkwetata dwar binha l-uniku tul il-ħin kollu.

"Kif se jgħix Budhua jekk immut?" Hija ħasbet spiss. "Mhux se jkun hemm min jieħu ħsiebu. Dik il-biża' minni lanqas tħallini mmut".

Riedet kunjata sabiħa li tista' tieħu ħsieb binha. Għandu jkun hemm xi ħadd biex jieħu ħsiebu meta tmut.

Għan-nies foqra, l-għajxien huwa problema kbira. Budhua ma qalax wisq. Il-qligħ tiegħu ma tantx jista' jkun biżżejjed għas-sopravivenza ta' omm u iben.

"Jekk Budhua jiżżewweġ, l-ispejjeż ta' kuljum jiżdiedu u jkollu jaqla' aktar. Għalkemm hija l-imħabba f'qalb in-nies li żżomm lill-membri kollha tal-familja flimkien. Anke dakinhar, il-flus għandhom rwol importanti." L-omm anzjana ħasbet il-ġurnata kollha u l-lejl kollu. Hija

talbet ukoll regolarment lil Alla biex l-inkwiet tagħha jkun jista'
jintemm malajr ħafna.

L-omm il-qadima kienet kontinwament inkwetata li anglu tas-sema
jista' jiġi u jiżżewweġ lil binha, u b'hekk ikun sinjur. Għaddew jiem,
xhur u snin f'inkwiet u talb bħal dawn.

Ġurnata waħda l-allat għaddew mid-dar ta' Budhua. Ma setgħux jiġu
rikonoxxuti bħala allat għax kienu moħbija. Innutaw il-kundizzjoni ta'
Budhua u ddeċidew li jitolbu l-elemna fil-forma ta' axxetiċi. Waslu fuq
l-għatba ta' Budhua u ħabtu l-bieb, l-omm il-qadima fetħet il-bieb u
staqsiet.

"Baba ! X'hemm?"

„Amma ! Baba hija bil-ġuħ Jekk tagħtina xi ħaġa x'nieklu, uliedek ikunu
mbierka."

"Tajjeb." Bi tbissima, Amma daħlet fid-dar u ġabet żewġ chapatis u xi
ħaxix mis-sehem tagħha . Hija tatha lil dan Baba. Tatu wkoll tazza ilma
Wara l-ikla, Baba kien sodisfatt u ferħan ħafna. Huwa qal: "Amma,
tkun xi tkun tixtieq, jekk jogħġbok agħmel dan."

Amma wieġbet: "Tistaqsi x'nistaqsi, se tagħtih? Ma tistax tirrifjuta
kelmtek."

"Tista' titlob xi ħaġa, Amma. Baba dejjem iżomm kelmtu ."

Għajnejn l-anzjana kienu mimlija dmugħ. Hija ma setgħetx taħbihom.
Hija qalet: „Baba, irrid insib taqbila xierqa għal ibni Budhua . Jekk
jiżżewweġ u jgħix ħajja ferħana, immur fil-post fejn jgħammar Alla bil-
paċi."

»Mela jkun.« B'dan il-kliem Baba stabbilixxa.

 Filgħaxija waħda meta x-xemx marret lura d-dar u l-lejl bil-mod beda
jxerred id-dlam kullimkien. Il-qamar tal-fidda jgħajjat deher fis-sema u
beda jiddi. F'nofsillejl kulħadd raqad. F'daqqa waħda deher ċinju fid-
dar tal-anzjana. Ħadd ma kien konxju tal-preżenza tiegħu. Daħlet fis-
skiet fil-kamra fejn Budhua kien minsuġ drapp fuq il-fergħat. Ir-rix taċ-
ċinju kien jiddi bid-dija ta' dawl tad-deheb qawwi ħafna. Hekk kif iċ-
ċinju daħal fil-kamra, il-bieb għalaq waħdu.

Iċ-ċinju beda jinsiġ id-drapp bil-ħjut ikkuluriti li kienu diġà hemm. Ħadem b'mod diliġenti l-lejl kollu. Eżatt qabel ma faqqgħu l-ewwel raġġi ta 'filgħodu, iċ-ċinju sparixxa, u ħalla warajh it-tessut.

Budhua qam l-għada filgħodu bħas-soltu. Wara li temm ir-rutina normali tiegħu ta' filgħodu, lesta għax-xogħol. Hekk kif daħal fil-kamra tiegħu, ra xi ħaġa tal-għaġeb. Hemmhekk sab drapp estremament artab u sabiħ bi tleqq ħarir. Huwa ħaseb minn fejn ġie dan il-materjal? Kien ċert li ma kienx f'dak il-post il-ġurnata ta' qabel, allura meta ma ħax it-tweġiba, morna għand ommu biex inkunu nafu l-fatt.

„Omm! Omm! Meta insiġ drapp daqshekk sabiħ?"

"Oh, Budhua ! Ibni. Qed tiċċajta? Wara kollox, int daqsxejn iblah. Jien ma minsuġ drapp fi żmien twil. It-tjubija tiegħi, għaddew snin minn meta kont minsuġ. Let me know x'qed iddejjaqk?"

„ Omm, hemm drapp sabiħ fil-kamra tiegħi. Ħsibt li għamilt ix-xogħol." Budhua wieġeb.

"Fejn hu ? Ħa nara lili nnifsi. Ma nistax nemmen." Ommu kienet ukoll sorpriża.

"Ejja miegħi." Huwa żamm id ommu u mexa lejn kamra tiegħu.

"Hawn hu. Issa tara. Jien giddieb ?"

L-anzjana ma setgħetx temmen dak li rat. L-iben kompla.

„Ħares lejn dan, omm ! Mhux tassew sabiħ ? Qatt rajt drapp daqshekk sabiħ? Ħsibt li forsi minsuġha, għalhekk qed nistaqsi."

„Oh, iva! Dan huwa verament materjal sabiħ ħafna. Huwa wkoll fin u artab. Budhua, trid tkun insejtha wara li nsiġha? Jekk le, min ieħor għamel dan? M'hemm ħadd id-dar ħlief int u jien." Imbagħad ħarset lejn wiċċu.

"Omm, naf li m'iniex daqshekk intelliġenti. Imma għandi memorja qawwija. Niftakar sew l-affarijiet." Huwa wieġeb.

"Budhua jista 'jkun daqsxejn iblah, iżda mhux tant jinsa li ma jistax jiftakar dak li minsuġ u dak li ma kienx." Omm għarfetha.

"Huwa tajjeb jekk inġib dan fis-suq u nbigħha?" Budhua kellu idea kbira f'moħħu.

Huwa qasam l-idea tiegħu ma 'ommu. "Żgur, iben. Trid tmur. Alla wieġeb it-talb tiegħi u għenna bil-moħbi." Hija wieġbet. "Hu dak li jgħin lil kulħadd."

Budhua mar fis-suq u biegħ id-drapp. Huwa rċieva prezz għoli għal dan. Budhua mar lura d-dar dik il-lejla. Fit-triq xtara ftit ikel. Meta wera d-dħul tiegħu lil ommu, għajnejha twessgħu bi stagħġib. It-tnejn kielu ikla qalb u raqdu.

L-istess ġara għal darb'oħra u għal darb'oħra dak il-lejl deher ċinju tad-deheb u ħareġ dawl tad-deheb u sparixxa qabel tlugħ ix-xemx. Ħadd ma reġa' rah. Id-drapp minsuġ li reġa' kien hemm ħalla mistoqsija f'għajnejn il-membri tal-familjaL-istess ħaġa tiġri kuljum. Budhua kien kurjuż dak iż-żmien u ddeċieda li jiskopri r-raġuni u l-persuna li għenithom b'tali mod sigriet.

Huwa ddeċieda li jiskopri l-verità. Dakinhar mar lura fis-suq u biegħ id-drapp sabiħ bħal ħarir bi prezz għoli.

Budhua u ommu kienu kuntenti ħafna peress li regolarment kellhom ikel delizzjuż x'jieklu. Il-ġurnata nbidlet bil-mod fil-lejl u wasal iż-żmien li Budhua jistenna.

Kien eċċitati ħafna dwar ir-rivelazzjoni tas-sigriet. L-anzjana raqdet u l-iben baqa' jistenna lill-helper misterjuż F'daqqa waħda nxtered dawl tad-deheb.

"Oh ! X'tip ta' dawl huwa ? Qed noħlom?" Ħakk għajnejh. Meta fetaħ għajnejh, ra xi ħaġa inkredibbli. Ċinju tad-deheb daħal fil-kamra tiegħu fis-skiet.

"Oh, x'inhu dak? Ċinju tad-deheb?" Għajnejn Budhua twessgħu b'sorpriża. Reġa' ħakk għajnejh biex jiċċara kull tip ta' konfużjoni. Huwa esklama: "Dan huwa tassew ċinju tad-deheb ! Ċinju tad-deheb b'rix tad-deheb daqshekk sabiħ ! Rajt ċinju daqshekk sabiħ f'ħajti." Għajjat bil-ferħ.

"Kemm hu sabiħ id-dawl tad-deheb li joħroġ minn ġwienaħ?"

»Budhua ma setax iżomm lura l-kurżità tiegħu. Huwa segwa ċ-ċinju. Hekk kif daħlet fil-kamra, il-bieb kien awtomatikament imsakkar minn ġewwa. Ma setax jidħol fil-kamra. Huwa seta 'biss iħares mit-tieqa. Dak li ra kien hemm biżżejjed biex jissorprendih. Kif jista' ċinju jinseġ drapp? Eventwalment il-paċenzja tiegħu nkisret. F'daqqa waħda ċ-ċinju sparixxa. Hemmhekk dehret tifla żgħira minflok iċ-ċinju. Budhua kisser is-silenzju tiegħu. Staqsieha: „Min int? X'qed tagħmel hawn? Kif wasalt hawn? Għidli kollox dwarek.

It-tfajla wieġbet: „Jisimni Hansika. Jien ilkoll waħdi f'din id-dinja. Ġejt misħut minn qaddis meta rrifjutajt li nagħtih tazza ilma. F'dak il-mument dawwart swan."

»Issa jien ħieles mill-curse«, kompliet Hansika. Matul il-konversazzjonijiet tagħhom, l-omm ingħaqdet magħhom ukoll.

Budhua mbagħad staqsa: "Trid tiżżewweġni?"

Bil-kunsens ta' Hansika u ommha, Budhua żżewġet lil Hansika. Hansika u Budhua ħadmu ħafna flimkien biex jinsġu drapp u jbigħuh lis-suq bi prezzijiet għoljin. M'għandniex xi ngħidu, il-ġranet ta 'Budhua inbidlu għall-aħjar. B'dan il-mod, bil-barka tal-għorrief, il-ħajja ta' omm Budhua wkoll saret ferħana.

Storja tal-benniena

Ftit ilu kienet tgħix mara fqira jisimha Bharati. Hemm storja ta' kif il-faqar daħal bil-mod f'ħajjithom. Kien hemm żmien meta kienet tgħix bħal reġina. Żewġha kellu negozju kbir. Madankollu, minħabba xi ċirkostanzi, iż-żminijiet inbidlu u sofra telf kbir fin-negozju tiegħu. Kellhom familja żgħira ta' tlieta. Raġel, mara, u tifla żgħira sabiħa Fi kwalunkwe każ, flimkien kienu determinati li jiffaċċjaw iċ-ċirkostanzi negattivi b'mod pożittiv. Meta r-raġel beda jibni negozju ġdid, kellu bżonn xi żmien biex jilħaq l-għoli. Bharati kellu ħafna paċenzja u tama. Kellha fidi sħiħa f'Alla. Meta mbierka b'saħħa u prosperità tajba, kienu ġentili ħafna mal-foqra u fil-bżonn. Kienu jafu li ż-żminijiet ħżiena se jibagħtu lura lil dawk tajbin. L-attenzjoni sħiħa ta 'Bharati kienet iddedikata għat-trobbija bir-reqqa ta' bintha, hija kienet determinata li tagħti liċ-ċkejkna ħajja aħjar. Xi drabi ma kellha l-ebda flus magħha. Kull meta kellha bżonn il-flus għall-bżonnijiet ta' bintha, biegħet xi affarijiet antiki li kienu taw lill-antenati tagħhom. B'dan id-dħul, hija ssodisfat il-bżonnijiet kollha ta' bintha Maż-żmien, bintha kibret pjuttost u lesta biex tmur l-iskola. Naturalment, hija r-responsabbiltà tal-ġenituri li jipprovdu lil uliedhom b'edukazzjoni tajba. Dan kien sett ġdid ta' responsabbiltajiet quddiemha, dehret sitwazzjoni diffiċli u s-soluzzjonijiet setgħu jeħtieġu sagrifiċċju konsiderevoli.

Ġurnata waħda, hekk kif Bharati kienet qed taħseb dwar kif timmaniġġja s-sitwazzjoni finanzjarja tagħha, innotat benniena antika tal-injam fid-dar tagħha.

"Jista 'jkun ta' valur." Ħasbet. "Naħseb li jappartjeni lill-antenati tagħna." Kienet xi ftit konfuża. Għal jumejn, baqgħet taħseb dwar min tistaqsi u kif tiddeċiedi, żewġha kien barra mill-belt fuq negozju. Meta ma kellhiex għażla oħra, iddeċidiet li tbigħ il-benniena antika tal-antenati. Għalkemm ma riditx tbigħha għax il-benniena kienet ta' valur kbir u Tfal qodma ta' diversi ġenerazzjonijiet fil-familja tagħha kienu użawha minn żminijiet antiki ħafna.

"U issa kien imiss lil binti. Kienet użatha wkoll spiss. Kienet sodda sabiħa mingħandha u wkoll logħba biex tilgħab magħha. Kienet bħal ħoġor omm fl-assenza tagħha. Issa jien imġiegħel inbigħha. Jien mhux sodisfatt bid-deċiżjoni tiegħi stess. Oh Alla ! Jekk jogħġbok aħfirli, għax huwa biss minn sens ta 'dmir."

Il-benniena tal-antenati kienet patrimonju siewi li kien mgħoddi minn ġenerazzjoni għal oħra. Għalkemm Bharati kienet riluttanti li tbigħha peress li kellha valur sentimentali u storiku, ħassitha mġiegħla tagħmel dan għall-edukazzjoni ta' bintha.

Hija ddeċidiet li tmexxi reklam biex tbigħ il-benniena tal-injam. Sinjura ġeneruża jisimha Arti, li kienet qed tikkunsidra li tixtri benniena għal bintha, rat ir-reklam u kkuntattjat lil Bharati. Għoġobha l-benniena u xtratha biex tagħti lil Bharati d-dollari meħtieġa biex tissodisfa r-rekwiżiti tal-iskola ta' bintha. Bharati marret lura d-dar ferħana, xtrat l-oġġetti kollha meħtieġa u bagħtet lil bintha l-iskola.

Intant, Arti, li kienet xtrat il-benniena, induna li kienet pjuttost antika minkejja li kienet b'saħħitha u sabiħa, iżda, qieset li tbigħha biex tixtri waħda ġdida għat-tifel tagħha. Dalwaqt sar irkant għal oġġetti qodma fil-qrib. Arti iddeċieda li jirkanta l-benniena. B'sorpriża tagħha, l-offerta għall-benniena kienet ferm ogħla milli kienet tistenna. L-ammont li rċeviet kien ogħla b'mod sinifikanti minn dak li kienet ħallset lil Bharati. Imbagħad ftakret lill-eks sid tal-benniena, Bharati, li tant kienet fqira li kellha tbigħ il-benniena tal-antenati tagħha biex tissodisfa l-bżonnijiet ta' bintha. Hija sabet l-informazzjoni ta 'kuntatt ta' Bharati u immedjatament ikkuntattjatha.

Arti kien mistagħġeb meta tgħallem dwar id-diffikultajiet finanzjarji ta 'Bharati u r-raġuni għall-bejgħ tal-benniena. Mimsusa mill-istorja ta' Bharati, Arti ħa deċiżjoni. Ċemplet lil Bharati u qaltilha li se taqsam magħha nofs l-ammont li rċeviet mill-irkant. Bharati kien megħlub bi gratitudni għal Arti. Irringrazzjatha ħafna Issa kellha tant flus li, wara li ssodisfat il-bżonnijiet kollha tal-edukazzjoni kollha ta' bintha, ma kinitx se tkun eżawrita għal snin sħaħ. Fl-aħħar, Arti Bharati għannaq u qal: "Din il-benniena dejjem kienet tiegħek, u għandek l-istess dritt għal dawn il-flus bħalma nagħmel jien. Jiena aktar minn kuntent li stajt ngħin lis-sid attwali tal-benniena." Bharati dejjem irringrazzjah ħafna.

Arti kienet kuntenta wkoll li tagħmel xogħol tajjeb u marret lura d-dar tagħha. Induna li l-ferħ li tagħti u taqsam huwa dejjem akbar milli tirċievi.

L-invenzjoni ta' Veeru

Darba kien hemm foresta msejħa Kanjakvan. Bholu Bär u l-familja tiegħu għexu hemmhekk. F'din il-foresta kienu jgħixu wkoll ħafna annimali oħra. Sheru, l-iljun kien is-sultan tal-ġungla. Er roamed il-ġurnata kollha mal-familja tiegħu Ġungla u raqad fl-għar tiegħu bil-lejl. Kien hemm ġiraffa viġilanti msejħa Gunnu fil-ġungla li setgħet tiskopri l-periklu mill-bogħod b'għonqu twil. L-iljunfant Appu kien abjad daqs il-borra. Tant deher sabiħ li seta' jikkompeti mal-iljunfant famuż jismu Airavat of Heaven. B'dan il-mod, il-foresta msejħa Kanjakvan dejjem kellha ambjent kuntent. X'imkien matul il-ġurnata setgħet tinstema' l-vuċi ħelwa tal-għasafar li jċapċpu. Huma tellgħu ferħanin minn siġra għall-oħra u madwar kullimkien. Xi wħud minnhom kienu bnew il-bejtiet tagħhom fuq is-siġar. Iċ-ċattar kostanti tagħhom ikkontribwixxa għall-ferħ tal-ġungla; anke l-preżenza tagħhom ġabet il-ġungla għall-ħajja. Kien hemm ukoll Manthara l-volpi, u Manu x-xadina; li żammew l-atmosfera ferrieħa bl-għaqal u l-inkwiet tagħhom. Diversi annimali oħra għexu fil-Kanjakvan, u taw eżempju ta 'imħabba, fratellanza u għaqda.

Madankollu, wieħed kien nieqes mill-Kanjakvan. Ma kien hemm l-ebda sors ta 'ilma tax-xorb faċilment disponibbli, jiġifieri, l-ilma kien tajjeb għax-xorb. Ma kien hemm l-ebda għadajjar jew bjar f'Kanjakvan. Kien hemm għadira li nixef fis-sajf minħabba sħana kbira. Kien ilu żmien twil minn meta s-sħab kien xeħet l-ilma. Deher li kienu għamlu strajk għal xi raġuni. Kull meta r-residenti ta' Kanjakvan ħassewhom bil-għatx, kellhom imorru Champakvan fil-qrib, il-ġungla fil-viċinat tagħhom. In-nies ta 'Kanjakvan ġarrbu l-ħajja diffiċli u niexfa tagħhom b'sens ta' aċċettazzjoni u qiesuha d-destin tagħhom.

Hemm qal li d-destin mhuwiex akbar mill-azzjoni. Azzjonijiet fid-direzzjoni t-tajba għandhom is-setgħa li jibdlu d-destin. Alla jgħin lil dawk li jgħinu lilhom infushom. Il-ġenerazzjoni żagħżugħa ta' Kanjakvan ma qagħditx idly b'idejhom mitwija. Huma kontinwament ippruvaw jegħlbu l-problema tal-iskarsezza tal-ilma. Huma ppruvaw b'xi mod jipprovdu ilma tax-xorb fil-viċin biex il-ħajja ta' dawn in-nies tkun tista' ssir ftit aktar faċli. Kien hemm grupp xjentifiku fost iż-żgħażagħ li kontinwament ippruvaw jagħmlu xi ħaġa ġdida. Il-membri ta' dan il-grupp kienu pjuttost intelliġenti u komplew jaħdmu biex joħolqu xi ħaġa ġdida, utli u interessanti. Kienu jitgħallmu dwar l-avvanzi teknoloġiċi ta' dak iż-żmien. Veeru, il-kap ta' dan il-grupp, kien iben il-kbir tax-xadina Manu. Studja fl-għaxar grad. Kien x'kien iż-żmien li kien telaq wara l-istudji regolari tiegħu, iddedikah kollu għax-xogħol ta' riċerka tiegħu. Huwa kien sar far tal-laboratorju biex jilħaq l-għan tiegħu. Veeru wettaq diversi esperimenti. Ried isib soluzzjoni għall-problema tal-iskarsezza tal-ilma kemm jista' jkun malajr. Sabiex ilma tax-xorb nadif ikun disponibbli għal kulħadd.

Eventwalment ix-xogħol iebes ta' Veeru u t-tim tiegħu ħalla l-frott u kienu sabu soluzzjoni.

Is-soluzzjoni kienet "Chapakal", li tfisser pompa tal-idejn. Pajp twil ħafna huwa midfun fil-fond fl-art. Imbagħad bl-għajnuna ta 'pistun, valv u lieva. L-ilma jinġieb fil-wiċċ mill-fond tal-ħamrija. Iż-żgħażagħ kuraġġużi ta 'Kanjakvan ivvintaw it-teknoloġija u użawha biex jagħmlu "chapakal". Huma kienu installaw "Chapakal" u ħadmet. L-ilma ġie mill-art. L-ilma kien nadif ħafna u kellu togħma tajba. Iż-żgħażagħ ta 'Kanjakvan kienu wrew il-miraklu. Bix-xogħol iebes tagħha, il-ħolma tagħha saret realtà. Ilma nadif kien sar disponibbli għalihom fil-viċinanzi tagħhom bi sforz relattivament inqas.

Mewġa ta' ferħ kienet ħakmet il-Kanjakvan kollu. L-annimali kollha fjur bil-ferħ. Id-diffikultajiet f'ħajjitha kienu naqsu xi ftit. Issa t-tfal m'għadhomx għalfejn imutu bil-għatx u n-nisa m'għandhomx għalfejn iġibu l-ilma minn ġungla 'l bogħod. Kien hemm abbundanza ta 'ferħ li nfirxet mal-ġungla, Kanjakvan.

Ġurnata waħda, il-kunsill anzjan tar-residenti Kanjakvan sejjaħ laqgħa. L-iskop ta' din il-laqgħa kien li jonora lit-tim żagħżugħ ta' xjenzati li kienu ħadmu b'dedikazzjoni u xogħol iebes bla preċedent biex jipprovdu l-ilma fil-ġungla. Dak l-isforz tassew ħaqqha rikonoxximent. Huma kienu sagrifikaw il-kumdità personali tagħhom u taw lil kulħadd ħajja ġdida. Ġurnata promettenti ġiet deċiża fil-laqgħa għaċ-ċerimonja tal-premjijiet, li kellha tkun ċelebrazzjoni kbira.

Palk kbir kien imżejjen b'mod sabiħ taħt is-siġra kbira tal-banyan. Ir-responsabbiltà għall-ġestjoni tal-programm ingħatat lil Appu, l-iljunfant, li assuma r-responsabbiltà b'mikrofonu f'idu. Ir-residenti kollha ta' Kanjakvan kienu preżenti għall-avveniment u poġġew bilqiegħda fuq is-siġġijiet. Veeru, ir-rappreżentant tat-tim xjentifiku żagħżugħ, mexxa l-proċess. Meta isem Veeru ġie msejjaħ għaċ-ċerimonja tal-premjazzjoni, l-udjenza kollha laqgħetu b'applaws. Appu, l-iljunfant għollih għal dahru u dawwar il-palk kollu. Il-ħoss ta' 'clapping eku u eku madwar il-foresta. L-avveniment intemm b'suċċess bi programmi kulturali u d-distribuzzjoni ta' Prasad. Dmugħ ta' ferħ nixxa f'għajnejn Manu Monkey, u wiċċu raġġ bi tbissima trijonfanti. Wara kollox, Veeru kien ibnu, u llum ġie onorat. Illum jiddispjaċih miż-żminijiet meta ċanfar lil Veeru fi tfulitu u ċanfarlu waqt l-istudji tiegħu. Hekk kif Veeru niżel mill-palk bil-midalja, mar dritt għand missieru u qaxxar biex imiss saqajh. Iżda x-xadina Manu ma tilfetx din l-opportunità. Huwa mexa 'l quddiem biex iħaddan lil ibnu. L-invenzjoni l-ġdida li kien għamel kienet ikkontribwiet għall-kburija tiegħu.

Iċċarġjar tal-pompa tal-idejn

Il-ħajja saret ftit aktar faċli għar-residenti ta' Kanjakvan bl-għajnuna ta' ilma faċilment aċċessibbli, issa ma kellhomx għalfejn imorru f'Champakvan ġirien tagħhom għal kull barmil ilma. Dawk kollha li jgħixu fil-foresti faħħru lil Manu Veeru u għexu ferħanin għal snin sħaħ. Veeru kien għamel l-eżamijiet tat-tnax-il grad tiegħu bi gradi eċċellenti.

Ir-residenti ta' Kanjakvan sejħu għal laqgħa jum wieħed. Huma ferħu lil xulxin għar-riżultati eċċellenti tal-awditjar li kkostitwixxu l-aġenda ewlenija tal-laqgħa. Ġie deċiż unanimament li l-Ħadd ta' wara jiġi organizzat festival kbir f'Kanjakvan, fejn jinġabru l-annimali kollha u l-familji tagħhom. Matul il-festival, ippjanaw li jiddiskutu pjanijiet edukattivi futuri għat-tfal tagħhom.

L-arranġamenti għas-siġġijiet saru ħdejn l-akbar siġra tal-banyan nhar il-Ħadd. Ftit aktar 'il bogħod kien hemm imwejjed għall-ikel u arranġamenti għall-ilma, f'daqqa waħda kulħadd innota li Chimpu l-ġiraffa kien qed jixxengel għonqu twil u jipprova jgħid xi ħaġa. Madankollu, ħadd ma seta' jifhem dak li kien qed jipprova jgħid. Il-festa kienet għadha ma bdietx. L-arranġamenti tat-tisjir saru fil-park fil-qrib. L-aroma tal-platti aċċellerat il-ġuħ tal-mistieden . Kulħadd ħassu bil-ġuħ u kien qed jistenna bil-ħerqa l-ikel delizzjuż. Għajnejha bdew iħarsu lejn l-imwejjed, li kellhom jimtlew b'varjetà ta' platti f'perjodu qasir ta' żmien. F'din l-istennija xi nies marru 'l quddiem u lura Xi qagħdu bilqiegħda bil-paċenzja fuq is-siġġijiet. It-tfal żifnu fuq DJ.

Chimpu, il-ġiraffa baqgħet tipprova tgħid xi ħaġa. Ħadd ma taħ kas għax kien hemm ħafna storbju hemmhekk Ukoll, Chimpu ma setax jitkellem ċar. Wara ftit, Appu, l-iljunfant innotah, ċempillu bi mħabba u staqsieh: "Chimpu, x'jiddejjaqkom? Ilek tipprova tgħid xi ħaġa għal żmien twil. Għidli, x'hemm ħażin?"

"Appu Grandpa ! Ara, il-pompa tal-idejn ma taħdimx. ? Dan se jikkawża problemi hawn. Ma jħassrux il-gost kollu tal-festa?" Chimpu rnexxielu jesprimi t-tħassib tiegħu u ħasad waqt li tkellem.

Appu Elephant assigurah u qallu: „Chimpu, l-imħabba tiegħi! Tinkwetax. Xorta waħda, insibu soluzzjoni għall-problema. Ejja miegħi."

Schimpangiraffe u l-iljunfant Appu t-tnejn imxew lejn il-pompa tal-idejn. Meta waslu, raw lil Manu Monkey wieqaf hemm ma' ibnu Veeru. Veeru ħaddem il-pompa tal-idejn u Manu xorbu l-ilma.

Meta raw dan, għajnejn Chimpu twessgħu mistagħġbin. Meta Appu ħares lejh b'ħarsa ta' interrogazzjoni, Chimpu tħawwad u qal: „Le, le, qed ngħid il-verità. Meta kont qed inħaddem il-pompa tal-idejn, ma kellix ilma. Huwa għalhekk li ġejt biex ninfurmak."

Veeru kkonfortah: „Chimpu, għandek raġun. Huwa minnu li l-pompa tal-idejn ma tatx l-ilma ftit minuti ilu. Anke meta tħaddem, l-ilma ma ħareġx immedjatament. Imma kont naf fejn insib il-vawċer tal-iċċarġjar tal-pompa tal-idejn. Jekk tferra ftit ilma fil-pajp b'tazza jew tazza u tħaddem kontinwament il-manku, jerġa 'jiġi ċċarġjat. Imbagħad jerġa' jibda joħroġ l-ilma. għamilt l-istess ħaġa u issa tista' tara kif taħdem. Trid tinkwieta jekk qed tiffaċċja l-istess problemi fil-futur. Uża biss l-istess trick u ċċarġjaha b'tazza ilma."

L-annimali kollha kienu kuntenti ħafna bil-preżenza tal-moħħ ta' Veeru. Chimpanzee faħħar u beda jidħak. Issa kollha gawdew il-partit.

Jum iċ-Champion

Sheetal u Sunny kienu Aħwa Bejn il- it-tnejn kienu jeżistu

Differenza fl-età ta' tmien snin. Sheetal kienet l-ewwel imwieled mill-ġenituri tagħha, filwaqt li l-wasla ta' Sunny fil-familja seħħet tmien snin wara s-Sheetals. Din l-istorja bdiet b'kumbinazzjoni meta Sunny kellha tliet snin u Sheetal kienet għalqet ħdax-il Sheetal kienet tħobb wisq lil ħuha

Hija wkoll ħadet ħsiebu billi segwiet l-istruzzjonijiet tal-ġenituri tagħha. Peress li Sunny ma kinitx tifel adult, ma setax jilgħab il-logħob kollu li kienet tħobb tilgħab. Kellu t-tip ta' logħob tiegħu stess li kien jilgħab. Għalhekk, Sheetal kellha bżonn sieħeb ieħor tal-logħob biex tilgħab magħha.

Missierha Venkatesh ħareġ b'soluzzjoni għall-problema tagħha. Huwa ta lil bintu kumpanija tajba billi għamel ħabib tagħha. Huwa żammha okkupata tagħmel ix-xogħol tad-dar, timxi u tilgħab ma' Sheetal tagħha daqq ma' sħabha fl-iskola u gawdiet il-kumpanija ta' sħabha fil-viċinat. Li għadha tilgħab ma' missierha kienet l-aktar komda għaliha.

Nhar il-Ħadd, Sheetal u missierha lagħbu ċ-ċess. Omm Sheetal Radhika baqgħet okkupata tagħmel xogħol tad-dar jew xogħol fl-uffiċċju. Kull meta kellha ħin liberu, kellha tieħu ħsieb binha u ġġiegħlu jitgħallem affarijiet ġodda.

Il-papà kien iħobb jilgħab iċ-ċess. Ta' sitt snin beda jgħallem lil bintu tilgħab din il-logħba. It-tfal huma ġeneralment perċettivi. Huma jitgħallmu affarijiet ġodda aktar malajr mill-adulti. Sheetal malajr tgħallem ukoll iżejnu t-tabella taċ-ċess bil-pedini u ħakmu l-movimenti korretti. Venkatesh kellu ħolma li bintu ssir champion fiċ-ċess, bħallkbir Vishwanathan Anand. Ma jimpurtax kemm kien okkupat, qatt ma tilef il-lezzjonijiet taċ-ċess biex jikkowċja lil bintha.

 Hekk kif missier u bint poġġew bilqiegħda fuq iċ-ċess, deher li kienu qed jilagħbu. Minflok, sabu ruħhom fuq kamp ta' battalja fejn kull tim huwa determinat li jirbaħ. Xi drabi Papa qabad lill-kavallieri ta' Sheetal u kultant lill-bdiewa tagħha. Xi drabi wissieha u qalilha: "Ara, Sheetal, ir-reġina tiegħek marret." Imbagħad Sheetal beda jibki: "Papà!"

Wara ftit il-papà qal: "Sheetal, is-sultan tiegħek qiegħed taħt kontroll. U mbagħad checkmate." Imbagħad kienet tkun imdejqa. Hija wriet ir-rabja tagħha billi dawwar it-tabella taċ-ċess kollha.

"Issa mhux se nilgħab miegħek. Inti iqarrqu fuqi fil-logħba. Mhux se nitkellem miegħek aktar."

Sheetal fil-fatt kellu dislike qawwi biex jitlef. Kemm jekk kienu studji jew logħob, riedet biss rebħiet fis-sehem tagħha. Madankollu, hija kienet għadha ma kinitx kwalifikata ħafna fil-logħba taċ-ċess u ġeneralment ġġieldet għar-rebħa. Il-papà kien plejer eċċellenti taċ-ċess Sheetal ma kellux ħbieb oħra biex jilgħab iċ-ċess magħha. Ħafna drabi tilfet lil missierhaMama kienet okkupata, Sunny żgħira wisq, u kellha tilgħab ma' missierha.

Missier wieħed tal-Ħadd qal: "Sheetal, ejja. Ejja nilagħbu. Ġib iċ-ċess bil-biċċiet."

Sheetal ma kien interessat xejn. Hija rrifjutat „Le, Missier ma nħossx nilgħab."

"Oh ! L-imħabba tiegħi, x'ġara ? Ejja. Hurry up. Huma ser jieħdu pjaċir ħafna."Insista.

»Le, papà. Għandi ħafna xogħol tad-dar x'nagħmel."

»Ejja, għeżież. Illum hija jum ta' mistrieħ. Tista 'tagħmel ix-xogħol tad-dar tiegħek aktar tard."

Fil-fatt, ix-xogħol tad-dar ma kienx il-ħaġa. Il-problema kienet l-istess. Tfajla li dejjem kienet tħobb tkun rebbieħa ma kinitx saret esperta bħal din biex tirbaħ il-logħba ma' missierha. Ma għoġbitx titlef u missierha ma kienx iħalliha tirbaħ waqt li kienet tilgħab miegħu. Meta missier Venktesh kompla jinsisti li jilgħab il-logħba, hija qalet: "Ma rridx nilgħab miegħek għax naf li mhux se nirbaħ din id-darba lanqas." Meta qalet hekk, daret wiċċha 'l bogħod.

"Oh ! Għeżież titel tiegħi, tirrabjax." Il-missier ipprova jogħġob lil bintha. Xi drabi meta t-tfal jitħassru, tant jidhru ħelwin li Sheetal kien qisu. Missierha kellu jmur ħafna inkwiet biex iferraħha u jħejjiha biex tilgħab.

„Int it-tifla kuraġġuża tiegħi Qatt ma taqta qalbek qabel ma tilgħab, għax il-logħob huwa l-ewwel pass għar-rebħ.“

Din l-idea ġiet f'moħħha u kienet lesta tilgħab.

Din tissejjaħ sportsmanship. Kemm jekk huwa logħob jew ħajja, għandek bżonn tiffoka min-naħa tiegħek; ipprepara u tagħmel l-aħjar fil-livell tiegħek. Tibżax mir-riżultat.

Imbagħad d beda jgergru: „nibża' li nitlef ukoll.“

Meta smajt dan, dehret tbissima fuq wiċċ Sheetal. Hija ma baqgħetx inkwetata dwar ir-riżultat. Imbagħad bdiet il-logħba.

"Meta kont tifel żgħir, lgħabt man-nannu tiegħek. Jien ukoll nibki jekk nitlef, bħalek. Imbagħad nannuk qalli: "Isma', Venkatesh! Ikkunsidra t-telfa hekk kif l-għalliem tiegħek Tgħallem mill-iżbalji tiegħek u pprepara għar-rebħa Ġurnata waħda tkun champion."Venkatesh kompla jilgħab ukoll."

Imbagħad daret lejn il-kċina u għajjat lil martu: "Isma', Radhika ! Fejn hi l-udjenza tagħna? Għandna bżonnhom biex joħolqu ambjent ferrieħa biex jieħdu l-aħjar mill-plejers. Jekk jogħġbok ejja u poġġi magħna. Il-logħba tibda issa.

Dalwaqt żewġ ġġanti kienu qed jilagħbu ċ-ċess tal-ġlieda. Sheetal u missierha kienu l-plejers Ommha u ħuha kienu l-udjenza. Huma komplew iferrħu lill-plejers minn żmien għal żmien.

Sheetal kien kuntent ħafna u qal: "Ejja, papà. Din id-darba negħlibkom."

Papa waqqaf it-tabella taċ-ċess u xerred il-biċċiet fuqha. Staqsa: "Għidli, se tilgħab iswed jew abjad?"

»White.«

Venkatesh u Sheetal irranġaw il-biċċiet taċ-ċess fuq il-bord.

Huma poġġew il-biċċiet kollha f'ordni. Fl-ewwel filliera poġġew it-torri fl-ewwel kaxxa, il-kavallier fit-tieni, l-isqof fit-tielet, ir-reġina fir-raba', ir-re fil-ħames, il-ġemel fis-sitt, il-kavallier fis-seba' u it-torri fit-tmien." Papa rranġa l-biċċiet kollha għan-naħa tiegħu u Sheetal fuq in-naħa tagħha Hija kienet poġġiet il-biċċiet kollha tagħha wara xulxin fuq in-naħa tagħha. Imbagħad missierha għenha tirranġa l-partijiet li kien fadal. Il-logħba bdiet u malajr in-numru ta 'biċċiet maqbuda fuq il-kamp tal-battalja żdied.

L-attenzjoni tal-papà kienet kontinwament iffukata fuq l-emozzjonijiet li dehru fuq wiċċ Sheetal.

Il-logħba kienet pjuttost interessanti. Sheetal ċapċip qawwi meta ħass li missierha kien qed jitlef il-logħba. Hija għajjat: "Omm, din id-darba se nirbaħ."

Imbagħad Mama patted Sheetal fuq dahar u l-papà playfully aġixxa qisu kien qed jibki.

Sunny u Mom komplew iżidu l-moral tal-plejers billi kontinwament faħħru. F'dak il-mument, il-papà ħass lil Sheetal qed isir nervuż. Għalhekk Papa beda jitlef apposta u din id-darba ħalla lil bintu tirbaħ billi għamel xi sforz konxju. Sheetal kienet kuntenta ħafna bl-ewwel rebħa tagħha fil-logħba taċ-ċess.

Omm qalet: "Ejja, għaġġel, ippakkja l-logħba malajr u mur fuq il-mejda tal-ikel għall-ikel."

U kulħadd mar fuq il-mejda tal-ikel għall-ikel.

B'dan il-mod, Sheetal għex sa ħdax-il sena waqt li kien jilgħab u jgawdi. Ix-xogħol iebes ta' Venkatesh kien ħalla l-frott. Għal dawn l-aħħar ħames snin, hija kienet eċċellat fil-logħba taċ-ċess. Hija kienet lagħbet f'diversi tournaments fil-belt u d-distrett tagħha, fejn rebħet f'ħafna rebħiet.

Illum kien għad hemm tournament taċ-ċess li fih Sheetal rebaħ midalja tad-deheb. Il-membri kollha tal-familja attendew għaċ-ċerimonja, minn fejn marru lura d-dar bil-midalja. Venkatesh kien partikolarment xortik tajba llum. Huwa qal lil martu Radhika: "Tiftakar il-ġurnata li twieldet ix-Sheetal tagħna u ommi ċċaqlaqk talli welldet tifla? Dakinhar, iddeċidejt li nagħmilha kapaċi biżżejjed biex tonora l-isem tal-familja tagħna. Illum, kieku ommi kienet ħajja, kienet tkun kburija bin-neputi maħbub tagħna.“

Radhika nodded bi qbil. Issa ħarset lejn is-sema u rringrazzjat lill-allat fis-sema għat-tajjeb kollu f'ħajjitha.

Bholus qawsalla ikkulurita

Imqareb Bholu

Darba kien hemm tifel

imsemmi Bholu. Kien tifel ta' għaxar snin ħelu ħafna, sabiħ u ċkejken. Bholu kien daqsxejn ħażin u imqareb u intelliġenti. Il-ġenituri ta' Bholu u l-membri kollha tal-familja tiegħu kienu jħobbuh ħafna.

Bholu ma għoġob imur l-iskola xejn. Iżda l-ġenituri tiegħu ma ħallewhx

joqgħod id-dar f'ġurnata tal-iskola. Għalkemm kien infurmat dwar l-importanza tal-edukazzjoni u ried jistudja wkoll. Imma ma setax jikkonċentra fuq l-istudju għal żmien twil. Tkun xi tkun l-għalliema tiegħu għallmu fil-klassi, ma setax jitgħallem wisq minnha. Ħares lejn l-għalliem għal xi żmien; imbagħad niżel rasu u poġġa bilqiegħda fil-kwiet. Biex jevita l-biża 'ta' mistoqsijiet, ħafna drabi pprova jħares f'direzzjoni differenti.

Ġurnata waħda Bholu mar l-iskola. L-għalliem tax-xjenza tiegħu ħabbar lill-klassi: „Children, għada se nagħti test lill-klassi. Intom ilkoll għandek bżonn taqra l-kapitolu bir-reqqa u tkun ippreparat." It-tfal kollha għoġbu bi qbil. Meta Bholu mar lura d-dar, beda jilgħab. Nesa li kellu jipprepara għat-test. Meta spiċċat il-logħba, ħa gost bl-ikel, ra t-TV u raqad. Filgħodu kien qed jipprepara għall-iskola, ftakar fit-test.

"Oh ! Yaar Bholu ! X'se tagħmel hemmhekk? Ma studjajt xejn?" Tkellem miegħu nnifsu.

"Irrid insib soluzzjoni. Inkella tkun problema kbira għalija."

Bholu ħaseb li jieħu ġurnata ta' mistrieħ mill-iskola dakinhar. Peress li ma kienx studja għat-test, iċ-ċanfar kien inevitabbli. Imbagħad l-idea waslet lilu. Huwa ddeċieda li jipprova din l-idea.

»Mom, Mom«, Bholu għajjat.

Ommu ġriet lejh.

»X'hemm? M'intix qed tħejji għall-iskola? Il-karozza tal-linja tal-iskola tiegħek trid tiġi dalwaqt «, staqsiet lil ommu.

»Le, Mama. Ma nistax immur l-iskola."

»Għaliex ? X'ġara?"

»Mom, għandi uġigħ fl-istonku ħażin.«

Meta sema' dan, ommu kienet inkwetata . Hija ma setgħetx tibgħatlu l-iskola fi stat bħal dan. Talbet jikteb talba għal leave u jgħaddiha f'idejn ħabibu. It-trick ta' Bholu kien ħadem. Kien pjuttost kuntent. Għamel kif qaltlu ommu, u mbagħad beda jagħmel pjan ta' kif iqatta' l-ġurnata kollha. "Issa se nieħu pjaċir id-dar." Bholu ħaseb.

Meta ommu kienet ħdejh, ippretenda li kien marid, imma ma setax idum ħafna.

Wara nofsinhar ħassu bil-ġuħ Ħaseb li ommu kienet se ġġiblu xi ikel delizzjuż. Imma naqas milli jwettaq il-missjoni tiegħu. Ommu ċanfarlu.

"Iben, meta tkun marid, ma jistax ikollok kull tip ta' ikel. L-istonku tiegħek jeħtieġ ukoll mistrieħ. Ħu soluzzjoni orali ta' riidratazzjoni (ORS) illum. Ħu wkoll din il-medikazzjoni u mistrieħ. Tkun xi tkun il-platti delizzjużi li trid tiekol, tista' tiekolhom f'ġurnata oħra. Ikseb tajjeb dalwaqt."

Wara li sema' dan, Bholu beda jibki. Ħass li kien ħaseb xibka bħal brimba u kien maqbud fiha. Huwa wiegħed bil-moħbi li ma jgħidx gideb fil-futur u li ma jevitax ix-xogħol. Imbagħad Bholu sar aktar sinċier fl-istudji tiegħu.

L-inkwiet ta' Bholu

Ġurnata waħda, fil-klassi tax-xjenza soċjali, l-għalliem spjega l-kapitlu. Meta spiċċat, bdiet il-konversazzjoni bejn it-Techer u t-tfal. Bdiet tistaqsi lit-tfal x'riedu. Bholu kellu idea tiegħu. Huwa inkwetat dwar dak li kien jgħid lill-għalliem fi żmienu. F'dak il-mument daqqet il-qanpiena u spiċċat l-iskola. It-tfal kollha saqu d-dar. Bholu tela' fuq il-karozza tal-linja tal-iskola. Wara li ħa postu, beda jirriżenja. Ma kienx jaf x'se jsir minnu meta trabba. Meta Bholu niżel mill-karozza tal-linja fil-waqfa tiegħu, kien dak li jmiss mid-dar tiegħu. Beda jimxi lejn daru. Ra tallaba bilqiegħda fil-ġenb tat-triq. Bholu beża'. Immaġina lilu nnifsu liebes ċraret minflok it-tallab jitlob għall-elemna, iżda malajr ikkompona lilu nnifsu. Huwa ddeċieda li xorta jirnexxilu jistudja u jieħu impjieg prestiġjuż biex jgħix ħajja rispettabbli. Mill-inqas ma kienx lest li jsir tallaba. Bholu daħal id-dar, inbidel u raqad mingħajr ma għamel xejn ieħor.

Bholu poġġa bilqiegħda fis-sala tal-eżamijiet u scratched rasu. Kellu folja ta' mistoqsijiet f'idu u folja ta' tweġiba fuq l-iskrivanija tiegħu. Għalkemm qara l-mistoqsijiet mill-kwestjonarju, ma setax iwieġeb lanqas mistoqsija waħda. Huwa staqsiet x'għandu jagħmel u beda jxerred il-paġni tal-folja tat-tweġiba tiegħu. Wara xi ħsieb, beda jdawwar rasu biex jara lit-tfal ta' madwaru. Huwa ħaseb li jistaqsi lil xi ħadd, iżda x-xorti reġgħet ittradih L-ebda tifel ma ħares lejh, iżda l-għalliem żgur rawh. Issa Bholu kien jibża ħafna. Huwa ddeċieda li jitlob l-għajnuna lill-għalliem. B'kuraġġ qam mis-siġġu u daret lejn l-għalliem.

„Sir, sir, jekk jogħġbok spjegalna l-importanza ta 'din il-mistoqsija", huwa sejjaħ lill-għalliem.

„L-eżami għadu għaddej. Huwa pjaċevoli ? Agħmel dan lilek innifsek. Aqra l-mistoqsijiet bir-reqqa lilek innifsek, tifhimhom u ikteb it-tweġibiet fuq il-folja lilek innifsek." L-għalliem wieġeb bil-qawwa.

Bholu poġġa bilqiegħda għal xi żmien u mbagħad reġa' avviċina lill-għalliem, u tenna l-istess talba. Għalkemm Bholu ġie miċħud għal ftit drabi, l-għalliem ċanfar b'leħen għoli u saħansitra tah daqqa ta' ħarta fuq ħaddejn. Bholu għajjat qawwi. Meta pprova jerġa' joqgħod bilqiegħda, waqa' mal-art f'daqqa waħda. It-tfal l-oħra fis-sala tal-eżamijiet infaqgħu jidħku mal-vista.

"Bholu, Bholu, x'ġara?" Bholu sema' vuċi. Meta fetaħ għajnejh, ma seta' jsib lil ħadd madwaru.

Meta Bholu reġa' sema' l-vuċi, ipprova jiftaħ għajnejh u ra lil ommu wieqfa quddiemu. Hija ppruvat tiġbed lilu up. Imbagħad fehem li kien qed joħlom.

"Iben, ma tħossokx bil-ġuħ? Qum, aħsel idejk u wiċċek." Hija qalet.

Bholu ftakar fil-ħolma, is-sala tal-eżamijiet u l-karta tal-kwestjonarju.

"O Alla ! X'ħolma terribbli kienet ħsibt li kienet reali." Bholu ħaseb.

Minn dakinhar, Bholu ħa l-istudji tiegħu bis-serjetà u studja regolarment.

Pagun tal-għasafar nazzjonali

Ġurnata waħda Bholu kien qed jilgħab fil-bitħa tad-dar tiegħu. F'daqqa waħda ħass ftit qatriet ilma fuq wiċċu.

"Oh xiex ? Bdiet ix-xita ?" Ħaseb li hu. Bholu kien kuntent ħafna. Bil-mod il-mod il-qtar tax-xita saru itqal u mbagħad bdiet xita tax-xita torrenzjali. Hekk kif omm Bholu rat dan, għajjat: „Bholu, idħol fil-kamra. Inkella, l-ilma tax-xita jxarrab il-ħwejjeġ tiegħek. Tista' tkun qed tbati mill-kesħa." Daħlet fil-bitħa biex issejjaħ lil binha ġewwa. Hija rat lil Bholu jiżfen taħt ix-xita tax-xita.

"Ejja Bholu. Waqqaf l-għawm. Ħu xugaman u nixxef Ħares, il-barrakki tiegħek huma mgħaddsa kompletament fl-ilma. Mur u ibdel «, ordnat.

»Le, Mama! Jien mhux ġej bħalissa. Inħobb ngħum fix-xita. Jekk jogħġbok ħalluni nibqa' hawn għal xi żmien. Jekk jogħġbok, jekk jogħġbok, jekk jogħġbok ommi t-tajba." Bholu talab.

"Ħu doċċa malajr u dħal. Int kont diġà għamet u filgħodu. Issa ma tistax taġixxi bħal dak l-iben."

"Omm, jekk jogħġbok." Bholu xorta staqsa lil ommu.

Omm kienet irrabjata meta Bholu ma semgħuhiex. Għadu jgawdi x-xita tax-xita. Ħafna drabi jiġri fid-dar tagħna, peress li hemm xi differenzi bejn it-tnejn, il-ġenituri u t-tifel. Il-ġenituri jiżguraw li wliedhom ma jbatux xorta waħda u li t-tfal iridu jgawdu l-ħajja bil-mod tagħhom.

Bholu eżita, iżda ma setax jirreżisti l-ordnijiet ta 'ommu għal żmien twil wisq. Daħal fid-dar, nixxef u libes il-ħwejjeġ il-ġodda. Imbagħad ommu ġabitlu tazza mimlija ħalib sħun. Bholu xorbu l-ħalib u ħassu komdu.

Missier Bholu poġġa wkoll fil-kamra hemmhekk. Bholu poġġa bilqiegħda ħdejh. Beda jħares barra. F'daqqa waħda riħa qawwija ta 'pakoras moqlija laħqet imnieħerha. L-attenzjoni ta' Bholu daret lejn il-kċina fejn ommu għamlet pakoras sħan.

Bholu daħal fil-kċina. Kien iħobb jiekol pakoras. Omm rat lilu u staqsiet: "Bholu, tixtieq xi Pakoras?"

Bholu ma weġibx. Huwa kien hemm ibaxxi rasu.

"Bholu, ommok staqsiet xi ħaġa. Rispondiet?"

»Yeah, Mama. Ikolli xi wħud." Bholu wieġeb.

"X'qed taħseb, iben ? Huwa kollox tajjeb? Jidher li xi ħaġa qed tinkwietak. "

»Yeah, Mama. Għandek raġun. Nixtieq xi ħaġa. Se twettaq ix-xewqa tiegħi? Smajt u rajt fl-istampi li pagun taż-żfin jidher sabiħ ħafna. Irrid nara pagun jiżfen fir-realtà." Bat Bholu.

Sadanittant, ommu kienet ippreparat il-Pakoras u mitfija l-istufi tal-gass. Imbagħad bdiet tirranġa l-pakoras u z-zalza fuq trej.

"Bholu, veru li l-paguni jidhru sbieħ ħafna meta jiżfnu. Huma wkoll l-għasafar nazzjonali tagħna. Jiena nieħu gost narahom jiżfnu għax jidhru daqshekk kuntenti bħalissa." Hija tat lil Bholu ftit pjanċi żgħar u qalet: „Issa ħu dawn il-pjanċi u mur hemm. Inġib tè u snacks. Ejja nitkellmu hemm wara t-te."

Bholu mar lejn il-hallway fejn missieru kien bilqiegħda. Ommu segwietu bis-snacks u t-te. Kienet snack party pjuttost fit-togħma. Kollha ħadu gost biha.

Meta spiċċat, Bholu qal: „Dad, għandi xi ngħid. Jekk jogħġbok ismagħni."

"Iva, għidli, ibni. Xi trid?« staqsa lil missieru.

"Papà, qatt rajt il-paguni jiżfnu? Qrajt dwarha f'ħafna kotba, u rajt ukoll l-immaġini fil-kotba fuq it-TV. Imma fir-realtà, qatt ma rajtu. Irrid nara żfin tal-pagun reali, missieri, jekk jogħġbok." Bholu talab.

„Bholu, dik mhix mistoqsija kbira . Nistgħu nżuru ż-żoo u naraw mhux biss il-paguni, iżda ħafna għasafar u annimali oħra." Missieru ssuġġerixxa.

"Tassew, papà ? Nistgħu naraw pagun jiżfen fiż-żoo? Irrid naraha tiżfen b'għajnejja." Bholu baqa' jippersisti.

»Yeah, Bholu. Għandek raġun. Huwa ta' ferħ għal kulħadd li jara pagun jiżfen. Il-ferħ taż-żfin iżid mas-sbuħija tiegħu. Imma rari jidher Fejn insibu l-pagun taż-żfin ? Ħa naħseb għal xi żmien." Kompla.

Jidher diffiċli li twettaq ix-xewqa tiegħek fiż-żoo. Bħal pagun qatt ma jiżfen meta jkun hemm folla. Forsi ssib waħda fil-ġungla. Int trid smajt il-qal: "Min ra pagun jiżfen fil-ġungla?" Dan il-qal jeżisti għax pagun jiżfen fis-solitudni. Tista 'tiċċekkjaha billi taħbi f'post fil-qrib. Normalment itir 'il bogħod meta tħoss lil xi ħadd fil-qrib." Missieru spjega.

"Tassew, papà? Huwa hekk?" Meta qal hekk, Bholu kien sieket. Kien imdejjaq. Beda jħares lejn il-kavitajiet. Kien jitlef it-tama li x-xewqa tiegħu li jara l-pagun taż-żfin qatt tista' titwettaq.

Ommu fehmet il-burdata ta' Bholu. Hija qalet: "Bholu, huwa verament biċċa xogħol diffiċli. Jien stess s'issa bilkemm rajt il-paguni taż-żfin tlieta jew erba' darbiet? Tassew il-paguni rari jidhru u biex insibu żfin wieħed għandna l-inqas probabbiltà ? "

Il-leqqa ta' tama ta' Bholu reġgħet bdiet tiżdied.

»Tassew, Mama? Kif u fejn ? Għidli !" Bholu staqsa bil-ħerqa.

"Stenna biss, ngħidlek kollox. Meta nieħdu l-karozza tal-linja u nsuqu minn ġo ġungla, kultant nistgħu naraw paguni jiżfnu tul it-triq." Ommu spjegat dan.

"Tajjeb!" Bholu qal. Kien konvint. Kien kuntent li kien jaf li kien għad hemm xi ċansijiet li x-xewqa tiegħu titwettaq.

Alla kien ġentili ħafna ma 'Bholu. Ma kellux għalfejn jistenna ħafna. Ġurnata waħda, meta Bholu kellu ċ-ċans, komplejna nivvjaġġaw Huwa kien qed jivvjaġġa bil-karozza tal-linja mal-ġenituri tiegħu biex iżur ir-rahal tan-nanniet tiegħu. Il-karozza tal-linja għaddiet minn ħdejn ġungla. Is-sema kien imsaħħab. Bholu kien talab lil Alla fis-skiet filgħodu biex iwettaq ix-xewqa tiegħu.

Bholu ħa siġġu tat-tieqa bħas-soltu. Huwa gawda l-veduta barra. F'daqqa waħda sejjaħ bil-ferħ. Kien għadu kif ra pagun jiżfen barra t-tieqa. Ma setax jemmen għajnejh.

"X'ġara, iben?"

»Mum! Dad ! Għadni kemm rajt pagun sabiħ! Kien hemm !" Bholu indika fl-istess direzzjoni li kien fiha l-pagun. barra mit-tieqa Imma ma setgħux jarawha għax ix-xarabank kienet marret 'il quddiem, imbagħad kien iħobb ħafna aktar paguni jimirħu 'l hawn u 'l hemm matul il-vjaġġ tiegħu.

Bholu kien ferħana. Ix-xewqa tiegħu li ilha miżmuma kienet fl-aħħar saret realtà. Huwa rringrazzja lil Alla talli sema' t-talb tiegħu u wieġebhom b'mod pożittiv.

Sengħa ħażin jargumenta ma tiegħu

Għodod

Ġurnata waħda Bholu mar l-iskola. Huwa poġġa fil-klassi tiegħu. Il-kors Ħindi kien għaddej. L-għalliem għallem. Hija qalet: "It-tfal, illum se ngħallimkom idjomi u kliem."

It-tfal kollha saru ftit aktar attenti Kien suġġett ġdid għalihom. Xi idjomi għamlu sens għal Bholu, oħrajn le. Huwa ħaseb: „Tajjeb. Illum se nitgħallem l-idjomi d-dar. Se nitlob lill-omm biex tgħinni f'dan ir-rigward."

Fit-triq lura lejn id-dar, Bholu kompla jaħseb dwar kapitoli tal-idjomi. Meta wasal id-dar, sab lil ommu mimduda fuq is-sodda meta kellha wġigħ qawwi f'rasha.

Imħasseb, Bholu staqsieha: "Omm, ħadt xi mediċina?" Meta Bholu semagħha „no", huwa ġab mediċina u ilma lil ommu Hija ħadet il-mediċina u reġġħet timtedd. Imbagħad Bholu mar fil-kċina biex isib xi ħaġa x'jiekol. Ommu ċemplitlu u tatu struzzjonijiet biex jagħmel lilu nnifsu sandwich bil-ħobż, butir, ħjar, tadam u zalza. Bholu beda jagħmel is-sandwich.

"Kien madwar nofs siegħa meta Bholu daħal fil-kċina." Ommu, kurjuża dwar id-dewmien, ħasbet: „X'qed jagħmel s'issa? Jieħu ħafna ħin biex tagħmel sandwich?" Qammet u daħlet fil-kċina biex tara x'kien qed jiġri, dak iż-żmien ħasset xi serħan mill-uġigħ ta' ras tagħha.

B'sorpriża tagħha, saret taf li Bholu kien qed ikollu problemi biex jaqta' l-ħjar. Talbitlu s-sikkina u l-ħjar u qalet: "Ġibha hawn, Bholu. Malajr naqta' l-ħjar għalik.«

Bholu wieġeb: "Omm, din is-sikkina hija ċara wisq. Ippruvajt naqta' l-ħjar għal żmien twil, imma ma stajtx nagħmel dan.‟

Mingħajr ma qalet kelma waħda bi tweġiba, Mama malajr qatgħet il-ħjar bl-istess sikkina li Bholu ħassu mistħija u bdiet tgħajjat. Ommu qalet: "Bholu, ħaddiem ħażin jargumenta bl-għodda tiegħu. Peress li ma stajtx taqta 'l-ħjar, inti ħtija s-sikkina. Ara, is-sikkina taħdem perfettament." Kif qalet dan, ħarset lejn Bholu b'ħarsa kurjuża. Bholu beda jħares lejn il-ġenb. Kien ferħan bil-moħbi u ma setax iżomm il-ferħ tiegħu u beda jiżfen. Huwa ħaseb: „Kont qed naħseb biss biex nitgħallem idjomi mal-omm meta l-omm spjegatli waħda mill-idjomi waqt il-konversazzjoni tagħna. Issa huwa ċar għalija li lanqas biss għedtilha dwarha. Kienet tafha hi stess. . Ara naqra ! Ommi hija ġenju. L-għalliem tiegħi kien għallem l-istess lingwa fil-klassi."

Ommu malajr għamlet sandwich għal Bholu u servietlu. Kien jieħu gost jiekolha. Sadanittant, ħejjietlu wkoll milkshake, bela' l-milkshake kollu f'bajliet kbar, imbagħad ħarġu mill-kċina u daħlu fil-kamra, imbagħad Bholu reġa' ftakar li ommu kellha uġigħ ta' ras ftit mumenti ilu.

Huwa staqsa: "Omm, kif qed tħossok issa?"

Hija wieġbet: "Aħjar minn qabel." Hija tat lil Bholu l-ħġieġ vojt u qalet: "Jekk jogħġbok Bholu, mur żommha fil-kċina."

Bholu laħaq, iżda l-attenzjoni tiegħu kienet x'imkien ieħor; il-ħġieġ waqa' u nkisser mal-art. Bholu ħasad.

"Iben, għaliex ma żammejtx il-ħġieġ b'mod korrett?" Staqsiet omm.

Bholu, li ħassu ħati, wieġeb: "Omm, waqqgħetha qabel ma stajt inżommha." Huwa pprova jiġġustifika l-iżball tiegħu.

Ommu ħarset lejh b'rabja u qalet: "Bholu, issa jgħid il-qal" il-borma li ssejjaħ il-kitla sewda "veru. Ma stajtx taqbad il-ħġieġ u tgħid li waqqajtha".

Bholu beda jobrox rasu u pprova jifhem it-tifsira ta' "il-borma li ssejjaħ il-kitla sewda". Ommu qamet mis-sodda u ħadet mill-art il-biċċiet miksura tal-ħġieġ miksur.

Wirja tax-xjenza

Ladarba fl-iskola ta' Bholu, kellha tiġi organizzata wirja tax-xjenza. L-għalliem tax-xjenza tiegħu ħabbar fil-klassi: „Studenti, kull wieħed minnkom irid joħloq mudell jew proġett tax-xjenza. L-iskola se torganizza wirja tax-xjenza wara erbat ijiem. Intom ilkoll għandek bżonn iġġib mudell jew proġett li jaħdem biex jurini fi żmien jumejn."

Bholu beda jħossu megħlub. Ħaseb li dejjem qamet problema ġdida li ma riedx jiffaċċja. Xorta waħda, kellu jittrattaha. Huwa ħaseb: "Dan il-mudell, ma nafx x'għandi nagħmel u kif ?" Huwa talab parir lil student sħabu, iżda anke t-tifel l-ieħor deher perpless. Bholu innota li l-klassi kollha kienet okkupata tiddiskuti, u xi studenti dawru lill-għalliem u ddiskutew ideat. Meta spiċċat il-ġurnata tal-iskola, Bholu ġie lura d-dar. Mar dritt għand ommu u qal: "Omm, omm, se tkun waħda

Agħti wirja tax-xjenza fl-iskola tagħna. Hekk qalilna l-għalliem tax-xjenza tagħna. Se tgħinni?"

»Naturalment se. Għidli dak li trid tagħmel l-ewwel."

»Ma nafx. Agħtini idea għal mudell li jaħdem. Dak hu li qal l-għalliem tiegħi."

"Tajjeb. nagħtik ktieb. Aqraha u agħżel dak li trid." B'dan il-kliem, Mama fetħet l-ixkaffa tal-kotba u ħarġet ktieb dwar proġetti xjentifiċi. Bholu kien kuntent ħafna li kellu. Beda jaqrah bil-ħerqa. Huwa veru li ladarba kwalunkwe kompitu diffiċli jiġi deċiż, isir faċli. L-ippjanar, l-impenn reali, ix-xogħol iebes u l-entużjażmu huma l-għodda. Kompla jaqra, imma xejn ma deher li jagħmel sens. Tkun xi tkun il-proġetti li qara dehru diffiċli wisq. Ħass li ma kienx se jkun jista' jagħmel wieħed minnhom. F'daqqa waħda għajnejn Bholu laħqu paġna fejn sab iddeskrizzjoni kollha ta 'lift (lift). Huwa kien sab it-tweġibiet għall-mistoqsijiet kollha tiegħu.

Bholu mar għand ommu u qalilha li kien se jibni mudell ta' lift. Omm Bholu, li kienet inġinier, ħadet pjaċir tisma' l-għażla tiegħu. Flimkien ġabru l-materjali kollha meħtieġa għall-mudell - bord kbir tal-injam, xi dwiefer, ħjut u xi taljoli. Bl-għajnuna ta' dawn il-materjali, Bholu u ommu ħolqu mudell ta' lift. Bholu mbagħad fakkar li darba kien irċieva sett ta' pupi bħala rigal ta' għeluq sninu.

"Għaliex ma tbiddilhomx f'passiġġieri li jimxu 'l fuq u 'l isfel mill-lift? Ara naqra ! X'idea meraviljuża !"

Meta l-mudell tal-lift kien lest, fil-fatt ħadem. Wera kif jaħdem lift. Bholu kien kuntent ħafna. Huwa rringrazzja bil-qalb lil ommu talli dejjem kienet ta' għajnuna għalih Bholu kiteb deskrizzjoni dettaljata biex jispjega kif jaħdem il-lift tiegħu.

Meta saret il-wirja tax-xjenza, ix-xena kienet aqwa u unika. It-tfal kollha kienu ġabu proġetti/mudelli differenti. Student wieħed għamel qanpiena biex jaqbad lill-ħallelin, ieħor wera l-mekkaniżmu ta 'eruzzjoni vulkanika. Wieħed minnhom ħa l-kwistjoni tat-tniġġis, filwaqt li ieħor ipproduċa klonu ta' nagħaġ. Kien hemm ukoll ħafna proġetti oħra. Bholu ppreżenta wkoll il-mudell tal-lift tiegħu fil-wirja bl-aħjar mod possibbli. Meta kien imiss li jippreżenta, spjega fid-dettall kif kienet taħdem is-sistema tal-liftijiet tiegħu.

Din kienet verżjoni minjatura tal-lift użata bħala alternattiva għat-taraġ fil-bini. L-għalliema kollha u s-surmast faħħru l-intelliġenza u s-sengħa ta' Bholu.

Bholus qawsalla ikkulurita

Ġurnata waħda Bholu raqad wara nofsinhar. Ma kellux idea kemm kien għadda ħin fl-irqad Meta qam, ix-xemx kienet diġà niżlet u kienet ġejja s-serata Hekk kif qam, mar fil-ġnien tal-ħaxix ta' daru. Kien hemm ħafna siġar tal-frott, fjuri u pjanti tal-ħaxix hemmhekk. Bholu kien jieħu pjaċir iqatta' ħin fil- ġnien. Imma dakinhar l-aħdar u l-kuluri dehru ftit differenti mis-soltu. Il-pjanti kollha dehru jitbissmu lejn Bholu. Il-weraq tal-pjanti kollha dehru tleqq u l-fjuri fjur bil-ferħ. Il-fjuri tal-ġirasol tbandlu bil-qawwa, bħallikieku laqgħuh.

"Ħej ! Hemm xi ħaġa speċjali llum?" Bholu ħaseb bejnu u bejn ruħu.

F'daqqa waħda, għall-ebda raġuni apparenti, għajnejn Bholu ġew miġbuda lejn is-sema.

„Omm ! Omm ! Ejja dalwaqt. Ara, hemm qawsalla fis-sema. Omm, ejja hawn malajr!" Bholu ma setax jemmen xortih. Hu qatt ma kien ra qawsalla daqshekk sabiħa qabel. Il-ferħ tiegħu kien evidenti b'mod ċar fil-vuċi tiegħu. Ommu, li semgħet il-vuċi ta' Bholu mid-dar, fittxetu u ħarġet barra.

"X'ġara, Bholu?"

"Omm ! Ħares 'il fuq hemm, il-qawsalla." Bholu eċċitatament indika s-sema.

"Oh naqra !" Ommu wkoll ħarset 'il fuq lejn is-sema bil-ferħ.

"Omm ! Huwa daqshekk sabiħ. Għaliex il-qawsalla ma tidhirx kuljum?" Bholu staqsa innoċenti.

"Iben, il-qawsalla tifforma taħt ċerti kundizzjonijiet wara li tkun waqfet ix-xita. Imbagħad jidher fis-sema Ejja, Bholu, ejja noqogħdu hemm u nitkellmu aktar dwarha."

Huma poġġew fuq bank fil-ġnien. Ommu spjegat: „Dawl abjad jikkonsisti f'seba 'kuluri. Għalkemm jidher abjad taħt kundizzjonijiet normali, jinqasam f'seba 'kuluri taħt ċirkostanzi speċjali. Dan jidher bħala faxxa ta 'seba' kuluri f'mudell partikolari, jidher tassew sabiħ u jissejjaħ Rainbow. Tista 'tara wkoll mudell ta' kulur bħal dan fil-laboratorju tal-fiżika tiegħek billi tuża priżma. L-għalliem tiegħek jista' jgħinek b'dan."

"Omm, ma nifhimx. Liema priżma fis-sema taqsam id-dawl f'seba' kuluri?" Bholu staqsa b'innoċenza kbira.

"Bholu, illum staqsejt mistoqsija intelliġenti ħafna. Isma, jekk ix-xita qawwija għal perjodu twil ta' żmien, jifforma saff ta' ilma fl-atmosfera. Anke jekk ix-xita tieqaf u x-xemx terġa' ssir viżibbli, dan is-saff jibqa' għal xi żmien. Dan is-saff ta 'qtar ta' l-ilma jaġixxi bħal priżma. Hekk kif jgħaddi d-dawl tax-xemx, jiġi rifratt u maqsum f'seba 'kuluri f'ordni speċifika, u joħloq qawsalla sabiħa u enchanting fis-sema."

Bholu sab l-informazzjoni ta' ommu tassew affaxxinanti. F'ġurnata xemxija, waqt li kien qed jagħmel ix-xogħol tad-dar tiegħu fil-bitħa b'pinna Reynolds f'idu, ra mudell simili ta' seba' kuluri li kien jixbah eżattament lill-qawsalla li kien ra fis-sema qabel. Kien ferħan u ħaseb.

"Ħolm jien? Mhux ftit qawsalla hawn fuq in-notebook tiegħi? X'għamilha possibbli li tifforma lilek innifsek hawn?"

L-attenzjoni tiegħu mbagħad daret lejn il-pinna Reynolds tiegħu, li żamm f'idu.

»Okay. Issa nifhem. Il-korp trasparenti ta 'din il-pinna Reynolds sar bħal priżma. Hawnhekk id-dawl abjad tax-xemx li tgħaddi ġie maqsum f'seba 'kuluri. Allura nista 'nara mudell żgħir bħal qawsalla fuq il-kopja tiegħi. Iva, huwa ftit qawsalla." Bholus qawsalla sabiħa żgħira. Meta ħaseb li, Bholu ma setax iżomm lura. Bholu jkompli jilgħab bil-mudell żgħir tiegħu tal-qawsalla ikkulurit u ħa gost ħafna. Imbagħad ħarab biex jgħid lil ommu dwar l-esperjenzi xjentifiċi ġodda tiegħu.

Il-Bejjiegħ tas-Silġ

Huwa s-sajf Hemm bejjiegħ tal-ġelat wieqaf quddiem il-bieb tal-iskola ta 'Bholu kuljum Bholu jarah kuljum. Bholu jħoss li qed jieħu l-flus mill-but u malajr jixtri l-ġelat favorit tiegħu. Imma qatt ma għandu flus fil-but. Ħafna tfal mill-iskola ta 'Bholu jixtru ġelat kuljum mingħand il-bejjiegħ, Bholu jħobb dak kollu. Iħobb ukoll il-ġelat. Meta jaraha tgawdi l-ġelat kuljum, iħossu aktar qisu ġelat.

Ġurnata waħda, meta Bholu ra lil sħabu tal-klassi jieklu ġelat hemmhekk, ma setax iżomm lura d-dmugħ. F'daqqa waħda induna li huwa saħansitra ifqar minn Rachit. Għalkemm fir-realtà mhux minnu. Il-ġenituri ta' Bholu għandhom ħafna flus. Jgħixu f'dar kbira u għandhom dak kollu li għandhom in-nies sinjuri. Xorta waħda, Bholu kultant iħoss bħal raġel fqir.

"Bholu m'għandux flus tiegħu. Jista' jitlob flus mingħand il-ġenituri tiegħu għal skop reali. Imma m'għandux flus għall-ġelat." Huwa jaħseb kultant. "Kif dawn it-tfal jieħdu l-flus biex jixtru u jieklu kull ħaġa li jridu? Hu qatt ma jieħu t-tweġiba għal din il-mistoqsija.

Ġurnata waħda, Bholu pprova jkellem lil Shivansh, wieħed minn sħabu tal- klassi. Qalulu l-affarijiet li inkwetawh. Shivansh qallu li kellu flusu stess, sejjaħ flus tal-but. Bholu lanqas biss kien jaf xi jfissru l-flus tal-but. Huwa ħaseb li l-flus tal-but kienu relatati mal-flus miżmuma fil-but. Iżda Shivansh qallu li regolarment jieħu xi flus mingħand missieru, jiġifieri, il-flus tal-but. Bholu kien daqsxejn jealous ta 'Shivansh.

Dakinhar, meta Bholu ra lil Rachit jiekol ġelat, ħass ukoll qisu ġelat. F'daqqa waħda seħħ ħsieb lil Bholu u beda jitbissem. Huwa ddeċieda li żgur se jgawdi t-togħma tal-ġelat; mill-istess bejjiegħ tal-ġelat li regolarment joqgħod quddiem il-bieb tal-iskola.

L-għada, meta spiċċat l-iskola, Bholu mar għand il-bejjiegħ tal-ġelat bi kburija kbira u ħa munita ta' għoxrin rupee mill-but. Huwa mar għand il-bejjiegħ tal-ġelat u qal: "Ħu, jekk jogħġbok agħtini ftit ġelat."

„X'togħma tixtieq?" Il-ħanut staqsa u ħares lejn Bholu.

"Dak il-bar tal-mango?" Bholu ippunta subgħajh lejn stampa fuq l-istand. Il-bejjiegħ tal-ġelat tah mango bar Bholu gawda l-ġelat tiegħu ferħan. Wara, Bholu b'mod komdu ħareġ maktur mill-but, ħassar ħalqu u idejh u tela' bil-kumdità fuq il-karozza tal-linja tal-iskola.

Bholu qagħad fuq il-karozza tal-linja għal xi żmien u ħass it-togħma u l-ferħ tal-ġelat delizzjuż. Wara ftit il-ferħ sparixxa u qamet sensazzjoni ta' ħtija. Beda jaħseb li minħabba r-ras iebsa tiegħu, wettaq ix-xewqa tiegħu li jiekol ġelat kif xtaq. Imma kellu jisraq flus mill-portmoni ta' ommu biex jagħmel dan, u dan għamillu mdejjaq.

"Nixtieq li stajt nieħu gost bil-ġelat mingħajr ma nisraq mill-portmoni tal-omm. Iva, dan kien ikun tajjeb. Għamilt xi ħaġa ħażina għall-ewwel darba llum. Huwa għalhekk li ma nħossx tajjeb. Is-serq mhuwiex tajjeb. L-għalliem tiegħi qalli. Anke dakinhar, seraq ammont ta' għoxrin rupee. M'għandix għalfejn għamilt hekk." Bholu baqa' f'dan is-sens ta' ħtija għal żmien twil.

Bholu issa verament esperjenza rimors għall-azzjonijiet ħżiena tiegħu. Huwa ddeċieda li qatt ma kien se jagħmel xogħol daqshekk ħażin fil-futur għal dak li aktar tard kien se jiddispjaċih. Jekk irid jiekol ġelat, jipprova jikkonvinċi lil ommu u lil missieru billi joqgħod waħdu. Hekk kif Bholu ħa din id-deċiżjoni, ħass paċi interna profonda. Il-karozza tal-linja waqfet ħdejn daru. Bholu ħareġ u mar id-dar tiegħu b'intenzjoni differenti — biex jgħid lil ommu dwar l-għoxrin rupee misruqa mill-portmoni tagħha u jitlob il-maħfra tiegħu. Bholu kien kuntent ħafna bid-deċiżjoni tiegħu.

Rigal speċjali ta' għeluq snin Bholu

Bholu kien seraq għoxrin rupee mill-portmoni ta' ommu. B'dan il-mod kien wettaq ix-xewqa ferventi tiegħu li jiekol ġelat. Jingħad li dawk li jintilfu filgħodu ma jistgħux jissejħu telliefa jekk isibu triqthom lejn id-dar filgħaxija. Bholu kellu wkoll sens ta' rimors wara li seraq għoxrin rupee. Huwa kien iddeċieda li qatt ma jerġa' jisraq fil-futur. Ma kienx jibża' wisq li ommu tinsulentah jekk issir taf bl-ammont nieqes. Huwa ddeċieda li jammetti l-iżball tiegħu u jiskuża ruħu ma' ommu mingħajr ma jinkwieta dwar liema kastig se jirċievi. Min-naħa l-oħra, omm Bholu ma tantx tat kas tiegħu d-dar. Dakinhar filgħaxija, meta kellha bżonn xi bidla mill-portmoni tagħha, ħasset li kellu jkun hemm xi muniti hemmhekk. Kellha ħsieb f'rasha għaliex ma tistaqsix lil Bholu jekk ħax xi flus għal xi ħaġa. Bholu kien diġà qed jaħseb biex jgħid kollox lil ommu. Dan għamel mingħajr ma ħela l-ħin. Huwa ammetta l-iżball tiegħu u qalilha li ħa għoxrin rupee mill-portmoni tagħha biex jixtri ġelat. Omm Bholu ma ċanfarx. Iżda hija baqgħet ixxukkjata għal xi żmien.

"Oh imħabba tiegħi! Int trid tkun għedtli dwar ix-xewqa tiegħek." Hija qalet. Minkejja dan, kienet sodisfatta li binha kien skuża ruħu għall-iżball tiegħu.

Hija qalet lil Bholu: „Bholu, tibżax tgħidli jekk tridx xi ħaġa fil-futur. Jekk verament għandek bżonnha jew tridha, tista 'wkoll tikkonvinċini naqbel magħha.“

Wara, omm Bholu għamlet ġelat id-dar ma' Bholu. Huma kellhom kura flimkien.

Madankollu, din ma kinitx kwistjoni żgħira għal omm Bholu. Ma setgħetx tinsiha faċilment u lanqas ma riedet tinsiha. Bholu kien l-uniku iben tagħhom. Ma riedet tħalli l-ebda difett fit-trobbija tiegħu. Bħall-ġenituri kollha, ma riditx li l-bholu tagħha jsir ħalliel. Hija shuddered bil-ħsieb ta 'dan. L-għeruq ta 'kwalunkwe għemil ħażin jieħdu ħsieb meta jiġu injorati mill-bidu, speċjalment meta ma jgħaddix inosservat. Imbagħad iddeċidiet li tkellem lil missier Bholu dwar din il-kwistjoni.

Ftit jiem wara, għeluq snin Bholu kien qed joqrob. Omm u missier Bholu ppjanaw li jagħtuh rigal sorpriża. Kienu jafu li binhom Bholu kien daqsxejn ħażin, iżda wkoll intelliġenti Kien ubbidjenti wkoll. Meta qallu dwar il-vantaġġi u l-iżvantaġġi ta 'kollox, kien kapaċi jifhem l-affarijiet kif kienu. Huma ddeċidew li jagħtu flus fil-but lil Bholu f'għeluq sninu. Huma qalulu: "Bholu, minn issa 'l quddiem ikollok ftit flus tal-but kull xahar li tista' tonfoq bil-għaqal jew tiffranka." Bholu għandu xi ħaġa speċjali

Huwa għoġob ħafna r-rigal sorpriża għal għeluq sninu.

Bholu mess saqajn ommu u missieru u rċieva l-barka tagħhom. Irringrazzjah ukoll għal din il-ħaġa speċjali

Rigal għeluq snin. Wara dan, Bholu iddeċieda li

biex issir tifel responsabbli u sensibbli. Tkun xi tkun il-flus tal-but li rċieva, huwa poġġa l-biċċa l-kbira tagħhom fil-piggy bank tiegħu. Kull meta kellu bżonn xi ħaġa, kien ikun għaqli. Ġurnata waħda, meta fetaħ il-piggy bank tiegħu, kien sorpriż meta ra ammont daqshekk kbir li kien ġabar. Kien pjuttost kuntent. Huwa qal lil ommu dwar dan u staqsa: "Nista 'nqatta' t-tfaddil tiegħi?"

Ommu tatu permess biex jonfoq il-flus. Imbagħad mar fis-suq biex jixtri sensiela ta' kelliema ġodda għall-kompjuter tiegħu.

Shivalik

Il-Pupa u t-Teddy Bear

Hemm dar kbira ħafna fuq Nanhe Gaon Road għal Kalpanagar. L-isplendor tal-bini huwa evidenti mal-ewwel daqqa t'għajn. Nanhe Gaon Road hija triq prinċipali li tibqa 'pjuttost traffikuża. Jekk qatt tmur hemm, id-dwal tal-istilla jkunu dan bini magnífico tiegħek

Iġbed l-attenzjoni mit-triq nnifisha. Forsi tħoss li Diwali qed joqrob. F'dan il-bini mill-isbaħ hemm familja ferħana ta' erbgħa. In-nies li jgħixu hemm huma Shivalik, oħtu Rashmi, ommu u missieru, Shivalik huwa tifel żgħir ta' madwar sitt snin. Rashmi, oħt Shivalik, għandha madwar tliet snin. L-omm u l-papà għandhom tletin sena.

Shivalik u Rashmi huma aħwa, Shivalik imur l-iskola u Rashmi, li huwa iżgħar, jibqa' d-dar. Hija għandha wkoll l-edukazzjoni bikrija tagħha d-dar. Iż-żewġ aħwa huma pjuttost intelliġenti u vivaċi. Shivalik jaqsam l-affarijiet interessanti kollha li jitgħallem fl-iskola ma' kulħadd id-dar. Omm tisma' u wkoll Rashmi. Mama tgħallem ftit lil Rashmi. Rashmi diġà tgħallem ħafna poeżiji żgħar u jqatta' l-ġurnata kollha jirreċita lil dawk li jduru madwar id-dar. Tħobb ukoll toħloq u tħawwad affarijiet fuq il-karta b'lapsijiet ikkuluriti. Tpinġija ta 'linji li jikkawżaw mess fuq il-karta. Tħobb attivitajiet bħal dawn, li huma mimlija bla sens u wkoll divertenti. Iż-żewġt itfal jilagħbu flimkien spiss.

Oh iva, għadni ma introduċejtx fil-pupi fil-mużew tal-pupi. Nibdew minn barra ġewwa. Hemm ħafna kmamar fid-dar u lawn kbir. Hemm ħafna pjanti fuq il-lawn. Ġewwa d-dar hemm salon kbir bl-għamara, televiżjoni u żewġ gwardarobbi. Għandhom bibien tal-ħġieġ, tista 'wkoll isejħilhom vetrini. nirreferi għaliha bħala l-Mużew tal-Pupazzi. U għaliex qed nagħmel dan? Hemm ħafna ġugarelli u oġġetti dekorattivi hawn. Hemm karozzi żgħar li jvarjaw minn antikwati għal moderni. Hemm iljunfanti tal-ġugarelli, żwiemel, xi suldati u anke robots, flimkien ma 'teddy bear sabiħ Bhanu u pupa sabiħa Sara.

Meta xi ħadd jidħol fil-kamra, it-teddy bear jitbissem u jsellem lil kulħadd. Il-pupa torqod il-ħin kollu u rari tiftaħ għajnejha. Kemm it-teddy bear kif ukoll il-pupa fil-kaxxi tal-wiri jiffaċċjaw lil xulxin fuq il-ħitan. Huwa għalhekk li t-teddy bear dejjem iħares lejn il-pupa u jistenna li tqum. B'dan il-mod, huwa ħabb għall-pupa u jibda jqisha tiegħu. Xi drabi meta Rashmi toħroġ il-pupa tagħha mill-armarju biex tilgħab magħha, it-teddy bear jogħġobha ħafna.

Illum Bhanu huwa imdejjaq ħafna. Meta Bhanu qam, Sara kienet għadha rieqda. "Huwa OK ? Hija torqod il-ġurnata kollha bħallikieku ma kellha l-ebda xogħol. Għaliex ma tqumx fil-ħin bħalma nagħmel jien? Anke meta tqum, jew tieħu naqra jew tħares madwar hawn u hemm. Xi drabi tarani b'inċident. U jien ? Jien qattajt il-ġurnata kollha nħares lejha." Bhanu dejjem joqgħod hemm u jaħseb.

„U x'nista 'anki nagħmel? Meta ma jkunx hemm xogħol ieħor għalija. U hi liebsa fil-kabinett ta 'quddiem. Ukoll, kif nista' nagħlaq għajnejja meta tkun eżatt quddiemi? Biex inkun onest, inħossni nilgħab ma' din il-pupa. Hija tidher qisha pupa tiegħi stess. Jista' xi ħadd jgħidli x'għandi nagħmel?" Bhanu muses. Il-kreatura fqira Bhanu, vittma tad-destin, ma tista 'tagħmel xejn.

Ġurnata waħda Bhanu Shivalik sema' jaqra: "Agħmel dmirek, ma tixtieqx ir-riżultat." Dan ġegħlu jaħseb, x'inhu l-użu ta 'sempliċi seduta u ħsieb ? Xi moviment huwa meħtieġ. Għalhekk ipprova jiċċaqlaq ftit, u f'dak l-attentat aċċidentalment waqqa' l-ġugarell tiegħu fil-qrib, ir-robot ħares lejh, u l-karozzi għamlu ħsejjes u ppruvaw ibeżżgħuh. Imbagħad poġġa bilqiegħda bil-kwiet, kompletament kalm.

Imbagħad beda jiftakar. Ftakar dakinhar li Shivalik żar din il-vetrina kbira fejn kien joqgħod Bhanu qabel. Jarawh kemm kien eċċitati? Imbagħad insista li jixtri t-teddy bear, jiġifieri jien. Jibki, poġġa bilqiegħda mal-art ta' din ix-showroom. F'dan il-jum, Bhanu l-ewwel għaraf is-sbuħija tiegħu.

»U għaliex le? Tfal intelliġenti bħal Shivalik huma ferħana għal raġuni. I għandu jkollhom xi ħaġa speċjali dwari.« F'dan is-sens, Bhanu ħassu kburi u pprova jiċċaqlaq u pprova jaqa' f'ħoġor Shivalik. Qabel ma għamel, id waslet għand Bhanu biex jerfgħu. Forsi kienet l-idejn tal-ħanut. Wara ftit ma seta' jara xejn aktar. Forsi kien diġà ppakkjat. F'xi ħin beża'. Ħaseb li kien miet. Kien sema' li d-dinja tispiċċa meta jmutu n-nies. Kien jaf ukoll li kulħadd irid imut darba f'ħajtu. Anke dakinhar għalaq għajnejh u talab lil Alla biex dan ma kienx minnu. Meta fetaħ għajnejh, sab ruħu f'dar ġdida Kienet ġurnata ġdida għalih.

"Oh, x'inhu dak? Dan huwa post ġdid li wasalt fih?" Staqsa lilu nnifsu meta ra lil Shivalik wieqaf quddiemu. Wara xi żmien sar jaf li din kienet dar ta' dawn in-nies. „Alla kien wieġeb it-talb tiegħi. Jien ser nibqa' hawn ma' dawn it-tfal sbieħ. Kien biss ħanut, mhux id-dar. Kien ukoll pjuttost iffullar." Omm Shivalik kienet xtratlu mingħand il-ħanut għal Shivalik. Meta Bhanu ħaseb dwarha, beda jistagħġeb bih innifsu.

Imnieħer twil ta' Bhanu

„Kien hemm ħafna eċċitament fid-dar minn kmieni filgħodu. X'hemm? Hemm atmosfera kuntenta kullimkien. Irrid malajr insir naf x'inhu għaddej.« Bhanu poġġa bilqiegħda quddiem il-kaxxa tal-wiri ta' Sara, mitlufa fil-ħsieb. U x'iktar jista' jagħmel dan it-teddy bear chubby? Deher li wisq ħsieb kien sar drawwa tiegħu.

Kien hemm robot eżatt ħdejn Bhanu ġieli ħass li ħaseb qisu spirtu robotiku fil-kumpanija ta' dan ir-robot. Ftakar dakinhar li nġieb f'din id-dar minn Shivalik f'kaxxa magħluqa. Dak iż-żmien ma kienx ħassieb profond.

Għalkemm ma jħobbx jaħseb wisq u assolutament ma jaħsibx dwar affarijiet mhux meħtieġa. Jippreferi jilgħab u jitkellem.

Issa dawn iż-żewġ problemi daħlu bil-mod ħajtu. Naturalment ! Nilgħab u nitkellem ma' min...? Dawn il-ġugarelli kollha huma pjuttost arroganti. Dan ir-robot, min jaf x'jaħseb fih innifsu? Dan is-suldat u dawn il-karozzi żgħar ! Kulħadd jaħseb li huma reali. Jaħsbu li r-robot qed jagħmel xogħol reali, is-suldat, il-ġlieda vera u l-karozzi li qed isuqu fit-toroq reali. Xi drabi meta jitkellmu jkun hemm riħa. L-attitudni kondexxendenti tagħha tinxtamm arroganza. U miskin Bhanu...! kien tali teddy innoċenti, bħall-pupa innoċenti, l-ebda qerq, l-ebda spettaklu żejjed. U jaf li hu xejn inqas minn ħaddieħor. Għalhekk, jipprova jinsa kull imġieba ħażina ta' xi ħadd f'perjodu qasir ta' żmien. Għaliex għandek tiftakar li? Jidher pjuttost boring. Wara kollox, l-uniku appoġġ tiegħu huwa Sara. Jibqa' jħares lejha. Eżatt quddiemu tpoġġi pupa sabiħa f'din il-kaxxa tal-wiri tal-ħġieġ. Xi drabi tidher li qed torqod, u kultant tidher qisha qed titbissem. Xi drabi, Bhanu titħawwad u tħoss li qed teptip billi tħares lejh għal darb'oħra.

Xi drabi Bhanu jħoss li qed iħobb lil Sara. Imbagħad jistaqsi jekk Sara terġax tħobbu jew le. Ukoll, huwa saħansitra ta 'min jaħseb dwar? Huwa fatt pjuttost sempliċi li jekk ikunu flimkien il-ġurnata kollha, irid ikun hemm imħabba bejniethom. U xi ħadd irid ikun miġnun jekk, wara li tqatta' l-ġurnata kollha ma' xi ħadd, ma tħossx imħabba għal dak il-ġuvni. Huwa diffiċli ħafna li tiddefinixxi jew tispjega l-imħabba. Jekk taħseb biss dwar dawn l-affarijiet, jidher li m'hemm l-ebda tweġiba eżatta.

Bhanu issa beda jistenna u jitlob: „O Sara ! Int ser tqum dalwaqt. Allura nistgħu nilagħbu flimkien.“

Fl-aħħar qamet. Li tqum tard filgħodu hija l-vizzju tagħhom. Peress li hija pupa, x'aktarx tgħejja l-ġurnata kollha bilqiegħda. Għall-kuntrarju, Bhanu huwa raġel pjuttost attiv. Jista' jkun daqsxejn imqaxxar, imma jiċċaqlaq ftit u jipprova jħoss il-vibrazzjonijiet ta' madwaru biex jiskopri x'qed jiġri fil-qrib. Min jidħol fid-dar ? X'inhu msajjar fil-kċina? U ħafna aktar Dalgħodu sema' li t-tfal iħobbu jmorru l-iskola. Rashmi akkumpanjat ukoll lil ommha fl-iskola ta' ħuha. Issa huwa nofsinhar. Ir-riħa ta' ikel delizzjuż tisqija ħalqu. Bhanu ħaseb li kieku kien bniedem, kien igawdi wkoll varjetà ta' platti. Iżda l-ġugarelli huma biss ġugarelli. Ma tistax togħma l-ikel Delicious. Tista 'tħossok biss. Iħossuhom tajjeb ukoll meta jaraw li t-tfal iħobbu jieklu platti delizzjużi.

»Sara! Sara! Ismagħni!“ Bhanu murmured. Il-vuċi ma kinitx qawwija wisq biex tilħaqha, anke dakinhar ħass li tisma' leħnu. Sara ħarset lejh u tbissmet.

»Sara ! Sara ! Isma. Taf għaliex hemm tant eċċitament hawn id-dar illum? Ara, hemm ikel Delicious ippreparat fil-kċina. Tixtieq tipprova dawn?" Bhanu kien ħerqan li jisma' mingħandha.

Sara wieġbet ? Kienet ukoll biss pupa, pupa żgħira sabiħa. Hija ma
tgħidx iva jew le. Bil-mod daret rasha u ħarset in-naħa l-oħra. Bhanu
ħassitha li kienet qed tgħid: "Int timxi 'l quddiem u tiekol. Mhux se
niekol."

Il-festa ta' għeluq snin Rashmi

Huwa 1-5:00 ta' filgħaxija. L-għaġla bdiet fl-appartament. L-omm fil-
fatt għamlet ħafna tħejjijiet għall-festa ta' għeluq snin Rashmi matul il-
ġurnata. L-għeluq ta' Rashmi jaqa' f'Ġunju. Peress li t-temp huwa sħun
f'dawn il-jiem, omm ippjanat il-parti fuq il-lawn miftuħ tad-dar.
Għaliex dejjem nużaw l-arja kondizzjonata meta jkollna l-arja miftuħa
u naturali madwarna. U l-pjan ħadem. Il-lawn kollu kien imżejjen bi
dwal ikkuluriti, streamers u blalen. Fuq kien hemm dawl tal-qamar
abjad fis-sema. Fuq in-naħa l-oħra poġġi ħaxix aħdar lush fuq l-art.
Madwar il-lawn kien hemm pjanti bil-fjuri, u anke kienu mżejna bi dwal
dekorattivi. Hemmhekk twaqqaf palk. Tabelli għall-pranzu kienu
rranġati fuq naħa waħda tal-lawn. Hemmhekk tpoġġew ukoll siġġijiet
għall-mistednin u kollox kien imżejjen mill-isbaħ.

Kienu kważi s-sitta Il-wasla tal-mistednin kienet bdiet. Fil-kultura
Indjana tagħna, hemm dispożizzjoni biex niċċelebraw għeluq is-snin
b'qima, talb u ritwali bħal havan u yajna. Madankollu, għall-kuntentizza
tat-tfal żgħar, l-Indjani kultant ibiddlu l-forma taċ-ċelebrazzjonijiet.
F'din il-kwistjoni, huma jġibu sens ta 'fratellanza globali għal kull waħda
mill-attivitajiet tagħhom. Kemm ikun sabiħ jekk kull nazzjon fid-dinja,
irrispettivament mill-kasta jew ir-reliġjon, jaċċetta l-aspetti pożittivi
kollha tal-ieħor b'qalb miftuħa u qatt ma qagħad lura milli jħalli aspetti
negattivi, kemm jekk huma personali jew le. Biex inkun onest, l-
adozzjoni tal-bidla hija liġi naturali. Meta u kemm jiddependi fuq id-
diskrezzjoni personali ta' persuna.

In-nies fid-dar marru joqogħdu. Shivalik mar id-dar ta' ħabibu Rahul u
ċempel miegħu lit-tfal l-oħra kollha fil-viċinat. It-tfal kollha kienu diġà
qed iħejju. Huma malajr ingħaqdu ma 'Shivalik u Rahul. Pinky, Radha
u Bhawna waslu. Golu huwa preżenti wkoll hemmhekk.

Id-dar taz-ziju ta' Shivalik tinsab ukoll fl-istess belt xi bogħod. Tista'
tarahom ukoll jiġu biex jieħdu sehem fl-avveniment. Rashmi jilbes libsa

roża sabiħa b'ruffle abjad, żraben, kalzetti u kappell li jaqblu. Hija tidher daqshekk sabiħa, bħal fairy mis-sema.

Tajjeb, waslu l-mistednin kollha. L-omm u l-papà ta' Rashmi laqgħu bil-qalb lill-mistednin. Bdew iservu xorb lil kulħadd. F'dak il-mument l-ankra għamlet avviż li kulħadd sema'. L-udjenza ngabret ħdejn il-palk. Hemm għandhom jintlagħbu diversi logħob. Xi logħob kienu għat-tfal żgħar, xi wħud għall-anzjani u kollha. Ir-rebbieħa rċevew ukoll premjijiet. Kien hemm ukoll mużika u żfin. L-ankra stiednet lil kulħadd biex jaqta' l-kejk. Il-fairy ċkejkna Rashmi qatgħet il-frott imżejjen bixxemgħat. Omm, papà u l-mistednin kollha xeħtu fjuri lit-tifel ta' għeluq sninu. It-tfal ċapċip bil-qalb. Dan ikkonkluda b'suċċess iċ-ċerimonja tal-qtugħ tal-kejkijiet.

Il-mistednin kollha mbagħad ġew mistiedna bil-qalb għall-pranzu. Kulħadd kellu ħafna ħin. Waqt li kienu jbierku lis-subien, qalu addio lil Shivaliks u lill-omm u lill-papà ta' Rashmi. Il-ġenituri jgħidu wkoll addio lil kulħadd b'rispett u jagħtuhom ir-rigali tar-ritorn.

Ejja nħarsu lejn dak li qed jiġri fil-kamra. L-għeżież pupi tagħna, Bhanu u Sara, ma setgħux jattendu għall-festa ta' għeluq ħaj fil-lawn. Madankollu, huma jgawdu l-mużika u l-kanzunetti minn ġewwa. Issa qed jistennew bil-ħerqa l-wasla tal-għeżież membri tal-familja tagħhom biex jerġgħu jingħaqdu magħhom.

U issa l-mumenti ta' antiċipazzjoni tagħhom spiċċaw.

Huwa d-disgħa bil-lejl. Wara li qalu addiju lill-mistednin, omm u missier jieħdu f'idejhom ix-xogħol tad-dar. Shivalik u Rashmi joqogħdu u jaraw ir-rigali li ġabu sħabhom.

U Bhanu...? X'jagħmel? Jidher bħallikieku qed jiġġestixxi lil Sara, bħallikieku qed jistaqsiha x'rigal trid mingħandu.

Il-waqfa tas-sajf

Illum huwa l-ħames jum f'Ġunju. Huwa ċċelebrat bħala l-Jum Dinji talAmbjent. L-għodwa tidher daqshekk sabiħa. Ilbieraħ kien għeluq snin Rashmi. Il-membri kollha tal-familja kienu għajjien u raqdu tard ilbieraħ filgħaxija. Shivalik raqad tard ħafna. Qam sa filgħodu. Ma setax jorqod minħabba s-sensazzjoni ta' ferħ estrem. Ħaġa tajba dwar it-tfal żgħar hija li għandhom entużjażmu għall-ħajja. Huma kuntenti semplićement għax huma. M'għandekx bżonn raġuni spećifika biex issib il-kuntentizza. Il-kuntentizza hija parti integrali min-natura u l-personalità tagħhom. Fil-fatt, aħna, l-hekk imsejħa adulti, nistgħu nitgħallmu ħafna minnhom; jekk l-ego tagħna ma jweġġax.

Imbagħad id-dinja kollha tista 'tieħu l-ħajja bħal post tal-pikniks kuntenti.

Shivalik qam fis-sitta ta' filgħodu. Meta omm rat lilu, hija kienet pjuttost sorpriża u bdiet tistaqsi: „Tarun ! Qomt daqshekk kmieni? X'hemm?" Tarun huwa l-laqam ta' Shivalik.

"Omm! Dejjem tgħid li t-tfal kollha għandhom iqumu kmieni filgħodu ", qal Shivalik b'mod innoċenti.

"Omm ! Jien ser immur nilgħab ma' sħabi fil-park fil-qrib dalgħodu." Qal bil-ħerqa u ħares lejn ommu.

"Żgur, aqbad. Ninsab kuntent ħafna. Min huma ħbieb tiegħek? Oqgħod attent u tilgħab tajjeb. Se nasal hemm f'siegħa wkoll. Għeżież ibni «, qalet Mama, u esprimiet l-imħabba tagħha għal Shivalik.

Tarun qabad il-bat tal-cricket tiegħu u ġera barra. Meta telaq, informa li kien se jitlaq ma' Rahul. Huma kienu qablu mat-termini kollha li Mama kienet stabbiliet biex tilgħab barra. Wara li Tarun telqet, Mama saret involuta fix-xogħol tal-kċina tagħha. Kellha tipprepara l-kolazzjon tal-papà u tippakkja l-ikla tiegħu għall-uffiċċju. Sadanittant, il-papà kien qed jagħmel doċċa fil-kamra tal-banju.

U ejja naraw x'jagħmlu Bhanu u Sara fil-festa tal-pupi tagħhom. Bhanu joqgħod fuq l-ixkaffa tiegħu u jaqbeż fl-eċċitament. Qalbu tixtieq toħroġ tilgħab fil-park ma' Shivalik. Sara toqgħod hemm b'għajnejha magħluqa. Hija tippreferi torqod biss.

"Ma nafx għaliex din il-pupa torqod daqshekk? Nixtieq nistaqsiha jekk ma tħossx tilgħab?" Bhanu darba ħares lejn Sara u mbagħad dawwar wiċċu 'l bogħod, huwa mgħaddas fil-ħsibijiet tiegħu u beda jimmaġina li mhuwiex pupa, iżda tifel żgħir bħal Shivalik u Sara hija tifla żgħira. It-tnejn jinsabu wkoll fil-grupp tat-tfal ta' Shivalik fil-park, jilagħbu bil-ballun. Mitluf fil-ħsieb, ħass li wasal hemm u kien qed igawdi l-logħba.

Kemm hi sabiħa d-dinja tal-immaġinazzjoni! Fiha kollox jidher li hu minnu, għalkemm m'hemmx realtà. Għal ftit mumenti, persuna tasal f'din id-dinja u tesperjenza l-ferħ qasir tal-ħajja li forsi qatt ma tgħix verament fir-realtà.

Wara ftit, meta l-kolazzjon kien lest, il-papà ħa l-kolazzjon, ħa l-lunch box tiegħu u mar l-uffiċċju. L-uffiċċju ta' missier Shivalik jinsab madwar għaxar kilometri mid-dar. Omm kienet qed tipprepara biex tmur il-park. B'affezzjoni sejħet lil Rā shmizu, li b'affezzjoni sejħitha lil Dolly, biex tqumha. Dolly malajr qamet biex tisma' li kienu sejrin il-park. Mama ssakkar id-dar, u ħalliet lil Bhanu u Sara fid-dinja ċkejkna tagħhom, fi triqithom lejn il-park. Il-park kien biss ħames minuti mixi mid-dar. Meta waslu hemm, raw tfal jilagħbu l-cricket b'entużjażmu kbir. Dolly bdiet titbandal fuq it-tbandil, peress li kienet għadha ma kinitx għolja biżżejjed biex tilgħab ma' tfal akbar.

Bhanu kien imdawwar fid-dinja tiegħu stess. Ma kienx ra d-dinja ta' barra fir-realtà, iżda kien raha kultant fuq it-televiżjoni. B'kumbinazzjoni, is-salon tad-dar ta' Shivalik-Rashmi kien fih ukoll smart TV. Meta membru tal-familja kien joqgħod hemm, kultant kienu jixegħlu t-televiżjoni. Bhānu sabha pjaċevoli ħafna, u spiss jara t-TV b'interess. Imbagħad qatt ma ddejjaq. Xi drabi kien jara logħbiet tal-cricket u ġieli kien jisma' kanzunettiBhanu kien jieħu gost ħafna lit-tfal jiżfnu mal-kanzunetti. Dak iż-żmien ried jiżfen ma' Sara. Xi drabi Bhanu kellu xorti meta l-oħrajn insew jitfu t-TV u marru f'kamra oħra. Imbagħad ra t-TV bħal re u kabbar l-għarfien tiegħu.

Xorta waħda, Bhanu u Sara għandhom id-destin tagħhom stess. Iżda huwa minnu wkoll li l-pupi għandhom ikunu attivi, bħall-bnedmin. Anke jekk mhux f'din il-ħajja, il-frott ta 'azzjonijiet se jiġi riċevut illum jew għada. B'dan f'moħħna, għandna nkomplu naħdmu fid-direzzjoni t-tajba.

Korsijiet tal-kompjuter tal-omm

Hija vaganza tas-sajf. Kulħadd fid-dar huwa kuntent ħafna. It-tfal huma ferħana u l-omm hija wkoll kuntenta ħafna. Il-festa tal-pupi tagħna wkoll. Kull filgħodu omm u t-tfal imorru l-park. Mama timbotta bil-mod lil Rashmi fuq it-tbandil u Tarun jilgħab mat-tfal. Omm ukoll tagħmel mixja qasira fil-park. Hemm divertiment matul il-ġurnata, inklużi logħob fuq ġewwa bħal Carrom, Ludo, Snakes 'n' Ladders, ċess u logħob tal-kompjuter. Omm tagħmel snacks b'saħħithom għat-tfal Il-ġurnata kollha Bhanu u Sara kultant jitkellmu ma 'xulxin permezz ta' ġesti Mhux hekk biss, Bhanu jitgħallem tricks ġodda mit-tfal u r-robot tal-ġugarelli Xi drabi t-tfal jieħdu l-ġugarelli kollha tagħhom minn fuq l-ixkaffa u jilagħbu magħhom. L-atmosfera kollha hija mimlija ferħ.

Omm trid ukoll tagħmel xi ħaġa ġdida. Taħseb li wara li tagħmel ix-xogħol tad-dar il-ġurnata kollha, tista' taħdem b'mod kreattiv biex iżżomm il-kreattività tagħha ħajja. Hija ilha tippjana dan fl-aħħar jiem u ġieli ħasbet dwar xi ħaġa jew oħra. Fl-aħħar tasal għal deċiżjoni. Hija ddeċidiet li tibda tgħallem online. Minn meta faqqgħet xi mard li jittieħed, it-tendenza lejn l-attendenza tal-iskola u t-tagħlim offline personalment naqset b'mod sinifikanti. Madankollu, il-ħtieġa għall-edukazzjoni ma tistax tiġi miċħuda fl-ebda ħin. Għalhekk, il-biċċa l-kbira tat-tfal bdew juru interess fit-tagħlim onlajn. Dan ifisser li mhux biss il-ġenituri jinkwetaw dwar is-sigurtà tat-tfal tagħhom, iżda wkoll l-għalliema (tuturi). Omm taf il-kompjuters tajjeb. Studjatha pjuttost ftit.

Ukoll, x'qed tagħmel Mama? Hija fittxet Google għal bosta siti ta' tutoring u studjathom. Hemm xi websajts li jappoġġjaw kemm lill-istudenti kif ukoll lill-għalliema. Mama rreġistrat bħala għalliema taħt l-isem Prabha Gupta fuq websajt bħal din. Hija stabbilixxiet l-iskeda tagħha u ddeċidiet meta u f'liema klassijiet kienet tgħallem il-ħiliet tal-kompjuter. Biex tagħmel dan, hija rranġat l-affarijiet kollha meħtieġa bħas-siġġu tal-mejda tagħha, laptop, WiFi, eċċ. Hija bdiet il-proġett il-ġdid tagħha f'din id-direzzjoni.

Dan ħoloq ambjent ta' tagħlim tajjeb ħafna fid-dar. Meta l-omm tgħallem, it-tfal jagħmlu wkoll ix-xogħol tad-dar tagħhom fl-iskola. Suġġetti li huma diffiċli u li ma jistgħux jiġu studjati mingħajr l-għajnuna ta' xi ħadd, jaqraw ma' ommhom, jagħmlu ħidmiet sempliċi u interessanti waħedhom, bħall-qari, it-tpinġija u l-aritmetika. Shivalik kultant jissielet, iżda huwa risorsi. Huwa jfittex lil Google għal soluzzjonijiet għall-problemi tiegħu. Mhux hekk biss, jgħin ftit ukoll lil oħtu Rashmi. Għalkemm Rashmi għandha biss erba' snin, kultant tieħu pjaċir tħares lejn il-kotba u anke tikteb ftit ittri tal-alfabett. Hija tiġbed ukoll ftit linji b'lapsijiet ikkuluriti. U meta ma tkunx fil-burdata, tħalli kollox warajha. Ladarba l-klassi tal-kompjuter tal-omm tkun spiċċat, it-tfal jiżfnu ħafna u jħossuhom kuntenti.

U l-ors tat-teddy ħelu Bhanu dejjem ħaseb: "Nixtieq li dan ir-robot ċkejken ikun ħabib tiegħi. Ħa nipprova. Imbagħad nitgħallem xi tricks ġodda friski tal-matematika wkoll. Imbagħad qatt ma niddejjaq. Ara, dawn it-tfal jieħdu pjaċir isolvu problemi tal-matematika."

U Sara...? "Ma nafx. X'inhi l-intenzjoni ta' Bhanu? Naħseb li jrid ikun tifel minflok teddy bear." Hekk ħasbet il-pupa Sara.

Shivalik bħala magician

Fis-sajf sħana, taħt is-sema ċelesti,

Meta jkun hemm ħanut tax-xorb quddiemna.

Ġelat, kola u kafè kiesaħ huma tant divini.

Imma skuża sogħla mill-kesħa, kun sabiħ.

F'nofs vaganza daqshekk divertenti tas-sajf, għaddew il-ġranet wieħed wara l-ieħor, bħal ferrovija li kienet qabdet il-veloċità. Hekk kif wieħed jitlef l-affarijiet meta l-ferrovija express tasal fl-istazzjon u titlaq fi ftit ħin, huwa diffiċli li jiġi ddeterminat fejn se jisparixxu l-vaganzi. Ix-xahar ta' Ġunju wasal fi tmiemu u l-iskejjel għat-tfal jerġgħu jiftħu f'Lulju. Omm induna li kien għad fadal ħafna preparazzjonijiet x'jsir. Il-pandemija spiċċat, għalhekk huwa possibbli li l-iskejjel ma jibqgħux miftuħa fl-ewwel ġimgħa ta' Lulju. Ħalli l-iskejjel jiftħu l-ħin kollu, iżda jridu jsiru tħejjijiet għat-tfal u l-ġenituri. Il-kompiti kollha - uniformijiet, xogħol tad-dar, proġetti u min jaf x'iktar?

"Oh, x'inhu dak? Insejt kompletament dwarha. Kien meta kont qed nitkellem ma' omm Rahul fuq it-telefon, ġibditli għajnejja". Omm qagħdet u ħasbet wara nofsinhar. L-iskola ta' Shivalik għandha konkors tal-kostumi għaċ-ċkejknin kull Awwissu fl-okkażjoni ta' Janmashtami.

„Kont iddeċidejt li żgur inħalli lil uliedi jieħdu sehem. Jekk inħallix lil Rashmi jipparteċipa s-sena d-dieħla, iżda huwa importanti li tħalli lil Shivalik jipparteċipa din id-darba. Għax is-sena d-dieħla l-grupp tal-età tiegħu se jinbidel."

„Kull sena l-ġenituri kollha huma mistiedna bil-qalb għall-festival Janmashtami fl-iskola. Kull meta Mama attendiet għall-avveniment, kienu jqanqlu lit-tfal b'varjetà ta' kostumi. Ħasbet ukoll li ġġib idea fabulous u kompletament ġdida li qatt ma kienet qasmet moħħ ħadd, u tipprepara lil binha Shivalik għar-rwol."

"Well, hemm ħafna ideat, iżda ħafna minnhom saru ħafna drabi. Xi tfal isiru gazzetti, oħrajn isiru siġar. Xi wħud jidhru qishom ħaxix, bħal okra jew tadam aħmar, filwaqt li oħrajn isiru brunġiel tondi u smin. Xi tfal saħansitra jsiru allat - xi Ganesha, xi Shiva jew saħansitra Krishna żgħir. X'jista' jagħmel it-tifel? L-ommijiet joħorġu b'dawn l-ideat. Imma ħaġa waħda hija ċerta: li ssir alla hija l-akbar sfida. Jien biss mistagħġeb meta nara." Omm kienet inkwetata meta ħasbet dwarha. Imbagħad ħasbet f'Alla u ftit minuti wara raqdet. Wara ftit qamet u sa dak iż-żmien kienet filgħaxija. Wasal iż-żmien għax-xogħol tad-dar.

Jekk taħseb hekk, jasal il-lejl. Bhanu ħaseb li l-omm dehret xi ftit mqalleb. Ma nafx għaliex. Beda wkoll jitlob: „Oh Alla! Jekk jogħġbok issolvi l-problema tagħhom."

L-għada filgħodu, wara li ttrattat il-kompiti u l-kolazzjon kollha, omm ħasbet: "Ejja nsibu ktieb tajjeb x'naqraw." Il-passi tagħha wassluha fuq l-ixkaffa tal-kotba. Wara ftit sabet is-soluzzjoni f'idejha. Iva, hija kienet sabet ktieb fuq l-ixkaffa bl-isem "101 Magic Tricks". "U proprju hawn, ħasbet, għaliex Shivalik ma jaġixxix bħala magician għall-kompetizzjoni tal-kostumi? X'idea meraviljuża li ħasbet li kienet kompletament ġdida Meta bdiet tgħaddi l-ktieb, l-enfasi kollha tagħha kienet fuq is-sejba ta 'xi tricks magic sempliċi li Shivalik ta' sitt snin setgħet titgħallem u twettaq b'suċċess fuq il-palk.

Jgħidu fejn hemm testment hemm mod. Meta persuna tistinka f'ċerta direzzjoni b'devozzjoni sħiħa, hi saħansitra tappoġġja lid-divin. Omm sabet tliet tricks magic sempliċi u tgħallimthom hi stess skond l-istruzzjonijiet fil-ktieb. Imbagħad hija għallmet ftit Shivalik dawn tricks. Shivalik beda jinteressa ruħu, u Mama kienet kunfidenti li seta' jwettaq b'suċċess dawn it-tricks magic fuq il-palk fi ftit jiem. Imbagħad hejjew ukoll libsa sabiħa għall-maġi bl-għajnuna ta' omm Rahul Il-kappell, il-kowt, il-qliezet u ż-żraben tal-maġi - għamla sħiħa bħal Charlie Chaplin. Il-pjan kollu kien lest f'moħħha. Kull meta Shivalik ipprattika tricks magic, Bhanu u Sara nodded bi qbil. Fl-aħħar wasal il-jum li l-iskola reġgħet fetħet. Ġurnata waħda, meta ġie organizzat il-konkors tal-kostumi, ipparteċipa Shivalik. Huwa kien ipprattika b'mod diliġenti u x-xogħol iebes tiegħu ħalla l-frott. Meta ppreżenta t-tricks magic tiegħu fuq il-palk, l-udjenza kienet imwerwra. Kulħadd kien mistagħġeb kif tifel żgħir wettaq tricks magic b'tali ħila. Applaws bir-ragħad mill-udjenza żied l-entużjażmu tat-tfal.

Shivalik rebaħ it-tieni premju fil-kompetizzjoni, meta Shivalik ġie d-dar poġġa l-premju fuq l-ixkaffa tiegħu qrib Sara. Bhanu u Sara ħarsu bi mħabba lejn il-premju l-ewwel, imbagħad lejn Shivalik u fl-aħħar lejn xulxin u għoġbu bi qbil. Kulħadd fid-dar kien kuntent ħafna.

Nota ħelwa tal-flawt ta' Krishna setgħet tinstema' fiż-żona tal-madwar.

Dwar l-awtur

Geeta Rastogi „Geetanjali" twieldet fis-26. Imwieled fl-Indja f'Lulju 1968. Il-ġenituri tagħha, is-Sur Harichand Gupta u s-Sinjura Rammurti Devi, huma mid-distrett ta' Ghaziabad (l-Indja). Minbarra x-xogħol tagħha bħala awtriċi, hija wkoll għalliema tax-xjenza li tispeċjalizza fil-kimika. Il-ktieb „Bholu's Colorful Rainbow" kien oriġinarjament miktub u ppubblikat bil-Ħindi u mbagħad tradott għall-Ingliż, Taljan, Franċiż, Spanjol, Tajlandiż, Ġermaniż u Filippin. Rumanz ieħor bil-Ħindi ġie ppubblikat minnha bit-titlu „Kanak Kanak te sau guni". Tħobb ukoll tikteb poeżija, stejjer, u artikli utli għal rivisti u gazzetti.